Dados Internacionais de Catalogação na Publicação (CIP)
(Câmara Brasileira do Livro, SP, Brasil)

Moura, Luci Souza
    Vítimas de um ressentimento / Luci Souza Moura. –

Salvador, BA : Ed. da Autora, 2023.

    ISBN 978-65-00-78295-0

    1. Drama 2. Romance brasileiro I. Título.

23-169255   CDD-B869.3

Índices para catálogo sistemático:

1. Romances : Literatura brasileira   B869.3

Eliane de Freitas Leite - Bibliotecária - CRB 8/8415

Setembro
2023

1º Capítulo

Na mansão dos Beckemam começava mais uma discussão entre pai e filha.

Charles Menezes Beckemam sendo um homem autoritário não admitia que sua filha o desafiasse trabalhando em um Hospital Público.

— Você insiste nessa ideia de trabalhar naquele hospital público. Estudou em excelentes colégios, na melhor Universidade, pós-graduação na Europa e deixa de trabalhar comigo no melhor hospital, para trabalhar no Hospital Geral.

— Não vamos começar com essa história de novo. Não quero trabalhar em um hospital que só atende ricos.

— Você não valoriza o que é bom, o que construí para nossa família.

— Pai, eu valorizo seu trabalho e acho o Imperial um hospital magnífico, mas fiz medicina para salvar vidas e atender a população mais carente, não pelo dinheiro. As pessoas do Hospital Geral precisam de mim mais que os ricaços do Imperial.

— Por hoje chega. Vou para o hospital — fala Beckemam encerrando a discussão.

Dr. Beckemam diretor do Hospital Imperial de especialidades estava aborrecido por sua filha Dra. Karen

estar trabalhando no Hospital Geral da Cidade e não ao seu lado, no Imperial.

O interfone toca: Dr. Beckemam, o Sr. Waldemir na linha 1.

— Waldemir sua função é resolver os problemas e não deixar que eu os resolva. Houve novamente reclamação do paciente do 202 em relação ao atendimento., não admito este tipo de reclamação.

— O paciente do 202 é complicado, já foi demitido um auxiliar devido às suas reclamações.

— Estamos sendo pagos para cuidar muito bem do Sr. Dom Josef Alcântara III, se ele quiser fazer queixa do auxiliar deve tomar providências, pois o cliente sempre tem razão e você é muito bem pago para isso.

— Já tem outro auxiliar cuidando dele. Este foi bem orientado.

— Ok! Se eu receber mais alguma reclamação, cabeças vão rolar e não vai ser apenas do auxiliar.

— Sim...Sr. Beckemam.

No apto 202 onde o paciente Dom Josef Alcântara III se recupera de uma cirurgia de aneurisma cerebral estava o novo auxiliar se desculpando, pois, não podia trazer a medicação antes do horário como o paciente queria. Entra Dr. Guilherme, neurocirurgião-chefe do Hospital Imperial.

— Dr, os funcionários que estão contratando são uns incompetentes, já estou pedindo há horas meu remédio e ele disse que ainda não está na hora do próximo.

— Dr. eu estava explicando...

— Pode sair André. Sr. Dom Josef Alcântara III é muito difícil encontrar pessoas subalternas com um bom

nível para trabalhar no Imperial, e este pessoal tem que ser sempre treinado e supervisionado. Para esse rapaz ter sido contratado ele passou por rigorosa seleção e está em treinamento, então peço que tenha paciência com ele. Vou chamar-lhe a atenção e ele irá trazer a medicação no horário determinado por mim, daqui a 40 minutos e depois, de 4 em 4 horas.

— Certo, Dr. Vou marcar o horário e depois lhe falo se o garoto aprendeu.

— Ok! Agora vou examina-lo.

Já fora do 202, Dr. Guilherme se dirige ao setor de enfermagem.

— A medicação do Sr. Dom Josef está pronta.

— Sim Dr.

— Ele está marcando horário, mas não creio que irá brigar mais por esse motivo. Não se preocupe, leve daqui a 10 minutos e depois continue conforme prescrevi.

— Sim, Dr.

— Guilherme!

— Dr. Beckemam.

— Como está o paciente do 202, seu filho é um grande investidor nosso.

— É um chato, mas ele está bem e mais dois dias terá alta. A cirurgia foi um sucesso.

— Não tenho dúvida, pois o Imperial tem o melhor neurocirurgião do Estado.

— Obrigado, Charles.

— Ah! Guilherme, precisa deixar seus pacientes mais tempo na UTI.

— Certo, Beckemam.

No Hospital Geral

— Puxa que dia, não vejo a hora de tomar um banho e me jogar na cama.

— É Karen, parece que você não dorme há dias.

— Obrigado pelo elogio, Jorge.

— Eu não quis dizer isso. Você está linda como sempre.

— Até amanhã, Jorge.

— Até.

Dra. Karen Beckemam, uma jovem de 28 anos, cabelos castanhos longos e grandes olhos azuis, optou em morar em um apartamento confortável e aconchegante, sem muito luxo com uma colega do hospital e trabalhar na emergência do Hospital Geral, contrariando o desejo do seu pai em trabalhar no Hospital Imperial.

2º Capítulo

O neurocirurgião do Hospital Imperial, Guilherme Franco de Almeida J é um homem de 35 anos, cabelos castanhos claros e olhos verdes, de extrema competência e determinação, em virtude disso conseguiu realizar o sonho de trabalhar no Hospital mais cobiçado pelos grandes graduados da medicina e em pouco tempo tornou-se o braço direito do Diretor Médico Geral Charles Menezes Beckemam que o considera com as qualidades e ambição que gostaria na sua filha e se ele já não fosse casado com a decoradora Suzana com quem tem um filho de 8 anos, faria seu casamento com Karen.

— Olá querida, hum! Que beijo gostoso, eu não vejo a hora de...

— Oi papai.

— Oi meu garotão, como foi o dia.

— Joguei videogame, e fugi de uma menina na escola que queria me beijar.

— Meu filho está arrebentando corações. Em vez de a menina correr atrás de você, corra atrás dela.

— Oh! Guilherme, que conselho é esse?

— As meninas são chatas.

— Quando crescer irá mudar de opinião.

— Pai você vai à minha competição de nado livre amanhã, não vai?

— Puxa, filho, não vai dar, papai tem que operar amanhã.

— Você nunca pode - Felipe falou com voz triste e correu para o quarto.

— Hei, espere, vamos conversar.

— Guilherme, ele tinha falado há dias sobre a competição e você marca cirurgia.

— Sinto muito, mas não lembrei e marquei uma cirurgia que não pode ser mais adiada.

— É melhor conversar com ele.

— Certo.

— Filho, desculpa o papai. O rapaz que vou operar amanhã está muito doente, não posso deixar para outro dia. Gostaria de estar presente e vê-lo ganhar daqueles babacas, mas não posso. Depois nós vamos comemorar. Certo?

— Se você acha tempo, não é?

— Eu vou olhar minha agenda e o dia que combinar o nosso passeio, eu não irei trocar por nenhum compromisso, certo?

— Certo.

— Como foi a conversa.

— Tudo certo.

— O que foi que prometeu a ele.

— Um dia só para a comemoração.

— Cuidado para não o desapontar novamente.

Alguns dias depois:

— Alô, querida pegue Felipe na escola e diga a ele que precisei mudar nossa saída para sábado o dia todo.

— Guilherme você prometeu que não ia furar o passeio, o que foi dessa vez?

— Beckemam marcou reunião com investidores e exigiram minha presença.

— Você tinha avisado a Beckemam da sua folga. Que ele se dane.

— Tentei argumentar com ele, mas não teve jeito. Se não conseguimos estes investidores eles irão para o Hospital Royal.

— Não adianta falar com você, pois o hospital e sua carreira estão sempre em 1º lugar e sua família em último.

— Espere..., droga.

3º Capítulo

O Hospital Royal é o principal concorrente do Hospital Imperial. Tem excelente quadro de médicos e entre eles o Dr. Jaime Rodrigues Martins que como neurocirurgião também de fama tenta sempre que possível tomar os pacientes do Dr. Guilherme.

— Eles conseguiram mais uma vez atrair os investidores para o lado deles. E sei que foi por causa de Guilherme, pois Beckemam sozinho não iria os convencer.

Dr. Jaime Rodrigues Martins como um homem ambicioso estava determinado a tirar Guilherme do seu caminho, pois, sabia que o diretor médico Edgar Cavalcante da Veiga estava nervoso pela perda dos investidores, mas admirava Guilherme, e isso o aborrecia.

— Não se preocupe Edgar os Japoneses já confirmaram que irão fechar conosco. Boa noite.

— Boa noite Jaime.

Em um bairro mais afastado um homem bem-vestido entra em um bar onde podia encontrar homens que faziam qualquer trabalho desonesto por dinheiro. Encomendou um serviço especial nos freios de um certo carro.

Dr. Jaime Rodrigues chega ao apartamento de Karen.

— Oi, Karen. Que cheiro gostoso. O que vamos comer?

VÍTIMAS DE UM RESSENTIMENTO

LUCI SOUZA MOURA

VÍTIMAS DE UM RESSENTIMENTO

Setembro
2023

— Strogonoff. Porque você demorou tanto se combinamos às 19:00hs.

— Foi o trânsito. Estou com fome, mas já estou pensando na sobremesa.

— Engraçadinho. E aí, Jaime já pensou na minha proposta.

— Querida só posso um plantão de 15 em 15 dias lá no Hospital Geral e se aumentar à procura no Royal com estou prevendo, talvez só possa uma vez no mês.

— O Hospital Geral precisa muito de você, pois, não fazemos medicina só para os ricos.

— Deixe esse discurso para seu pai, querida. Vamos esperar para ver como vai ficar, certo. O Strogonoff está uma delícia. E a sobremesa...

— Todo seu... mouse de chocolate.

— Estava pensando em outra...

Fizeram amor.

Karen gostava do jeito atirado de Jaime e de seus cabelos e olhos negros combinando com o tom da sua pela morena, se devido a sua ambição ele não parecesse tanto com seu pai talvez ela se apaixonasse.

4º Capítulo

Na casa de Dr. Guilherme Franco.

— Oi, querido. Meu carro não quis pegar e Beto irá verificar mais tarde. Preciso levar o Felipe na aula de natação e fazer mercado.

— Certo. Hoje é meu plantão, então você me deixa lá e fica com o carro durante o dia, à noite me pega.

— Vamos Felipe temos que deixar seu pai no Hospital.

— Certo, já vou.

— Porque quando vai para aula de natação só coloca este short desbotado?

— Ele me dá sorte e quero me classificar para próxima competição – Felipe responde a mãe.

— Hei, garotão, só vai falar comigo no sábado, é? – não obteve resposta. Ok! Vamos, não posso chegar atrasado.

Suzana fez as compras e pegou seu filho na aula de natação. Já no caminho de casa com Felipe contando sobre a competição sente o carro sem freios. Desesperada tentando parar o carro e buzinando para afastar os outros veículos, na curva perto de um barranco pede o controle capotando uma, duas vezes. A porta se abre seu corpo é jogado para fora, enquanto o garoto é arremessado através do vidro. O carro capota mais duas vezes e explode.

Pessoas correm para ajudar. Um rapaz ao aproximasse de Suzana a ouve pedir para levarem eles para o Hospital Imperial. Conta ao motorista da ambulância que resolve atender o pedido já que o Hospital Imperial era o mais próximo.

Ao chegar no Hospital a recepcionista solicita deposito ou cartão de convênio. O rapaz explica que a moça pediu que a trouxesse para lá antes de desmaiar, mas não tinha documentos ou dinheiro. Então a recepcionista liga para o médico plantonista para verificar se iria atendê-los.

— Dr, desculpe incomodar, mas chegou uma ambulância com acidentados que pediram para vim ao Imperial, mas não tem documentos nem dinheiro.

— Aqui é Beckemam falando. Mande a ambulância leva-los ao Hospital Geral, você sabe que aqui não atendemos pessoas sem condições.

— Sim, Sr. - Dirigindo-se ao motorista disse: Sinto muito mais terão que levá-los ao Hospital Geral. Disse baixinho ao colega: - estamos encrencados com Sr. Beckemam.

— É ...então vamos, diz o maqueiro ao motorista da ambulância, não podemos perder tempo parece ser grave.

Enquanto isso, na sala dos médicos Guilherme pergunta a Beckemam o que houve.

— O que foi Beckemam?

— A recepção ligando para saber se iria atender algum acidentado que chegou sem documentos ou dinheiro. Eles já estão mais do que cientes que não recebemos indigentes, só porque pediram para os trazer aqui o imbecil do motorista da ambulância passa aqui primeiro — falou irritado.

— Se eles pediram para os trazer aqui, é melhor eu ir verificar. Já pensou se for alguém importante que perdeu os documentos no tal acidente.

— Não se preocupe, se fosse o caso mencionariam o nome.

No Hospital Geral, a ambulância é recebida por um médico que imediatamente entra em contato com o neurocirurgião que por sorte está de plantão naquele dia. Ao ver o menino o médico manda para sala de cirurgia, pois, precisava reduzir o quanto antes à hemorragia cerebral. O motorista comenta com o médico plantonista o que houve no Hospital Imperial e depois vai embora.

— Olá, Jorge. Vejo que o plantão está agitado, o que houve? – pergunta Karen.

— Foi um acidente que houve na zona sul, a ambulância levou a mãe e a criança para o Imperial e eles não aceitaram e se demorassem um pouco mais para chegarem aqui a criança não teria chance. Por sorte, Dr. Rodrigues está de plantão hoje. A criança está sendo operada, a mãe é esta aqui, ela teve muitas escoriações, quebrou um braço e ainda está inconsciente.

— E meu pai queria que trabalhasse naquele hospital; são uns insensíveis que só pensam em dinheiro e querem ver um grande $ na testa das pessoas.

— Segundo o auxiliar da ambulância foi o médico plantonista que recusou.

— Vou descobrir o nome dele... Ela estava ouvindo.

— Ah... ah... o que... Dr, meu filho está sendo operado...

— Fique calma. Seu filho está sendo operado, mas vai fica bem.

— Aqui não é o Imperial, porquê?

— Não, aqui é o Hospital Geral. Eles não os aceitaram lá, pois não tinham documentos.

— Mas... o médico plantonista não iria recusar... Guilherme... não, não ...

— Fique calma. Esta droga é para acalma-la, assim que terminar a cirurgia, Dr. Rodrigues virá vê-la.

— Pronto dormiu e ainda não sabemos nada sobre ela e a criança, disse Karen.

5º Capítulo

No Imperial Guilherme faz perguntas a recepção sobre os pacientes do acidente.

– Eles não tinham identificação e estavam inconscientes – diz o recepcionista.

– Estavam bem vestidos?

– A mulher sim, usava uma blusa de linha rosa que parecia cara, já o menino usava um short desbotado e uma camiseta azul.

– Era uma mulher e uma criança de uns oito anos...

– Dr, está sentindo-se mal?

Guilherme sai em disparada, alucinado com o que descobrira.

– Paulo me empresta as chaves do seu carro e fique no meu lugar – fala Guilherme muito nervoso.

– Tome. O que houve... aonde vai assim?

– O que está acontecendo?

– Sr. Beckemam. Não sei, ele me pediu as chaves do carro e saiu alucinado. Nunca o vi assim.

Beckemam fica preocupado.

Guilherme estaciona de qualquer jeito e entra em disparada. Pergunta pela mulher e filho. A recepção está cheia de gente para ser atendida e a auxiliar tenta, saber, a qual mulher ele se referi, como e quando chegou ali. Guilherme está muito nervoso se altera chamado à atenção de Karen que estava próxima atendendo um paciente.

— Ora, eles os trouxeram para cá, foi acidente de carro. Dê-me atenção!

— Deixe que eu resolvo, disse Karen a auxiliar ao se aproximar.

— E quem é você? Sabe sobre minha mulher e meu filho?

— Uma mulher e uma criança deram entrada há uma hora. A mulher está bem, a criança sofreu um traumatismo craniano, escoriações e está sendo operada.

— O que? Eu quero vê-lo, onde é a sala de cirurgia. Meu filho sendo operado aqui por um joão-ninguém.

— Hei, você não vai a lugar algum e o médico que o está operando não é nenhum joão-ninguém. Quem é você?

— Meu nome é Guilherme. Sou neurocirurgião do Hospital Imperial posso ajudar seu cirurgião.

— Conheço sua fama, mas quem o está operando é Dr. Jaime Rodrigues neurocirurgião do Hospital Royal e você não está em condições de ajudar.

— Rodrigues aqui?

— Felizmente ainda existem profissionais que se dedicam também aos pobres. Se não fosse plantão dele hoje, seu filho não iria resistir.

— Quero ver minha esposa.

— Venha.

— Suzana, querida, sou eu Guilherme.

— Guilherme, onde está nosso filho?

— Ele está sendo operado por Rodrigues...

— Rodrigues aqui... Guilherme como você pôde. Falaram que você recusou a ambulância no Imperial. Não posso acreditar que foi tão mesquinho.

— Não fui eu. Quando fui verificar já haviam saído ...

— Não vou perdoar. Meu menino sendo operado aqui, correndo risco de vida. Vá embora. - disse chorando. Felipe tem que ficar bem. Vou processar aquele hospital, e você saia daqui.

— Mas querida...

— Dra., por favor, tire-o daqui.

— Sr... é melhor sair ela está muito nervosa.

Guilherme saiu transtornado. Karen sentiu pena dele, mas ao mesmo tempo desprezo por saber que havia sido ele o plantonista a recusar os acidentados por falta de dinheiro e identificação.

Guilherme tentou mais uma vez ir à sala de cirurgia, mas não deixaram. As horas iam passando e a ansiedade aumentando. Na sala de cirurgia Dr. Rodrigues pergunta o que estava ocorrendo no corredor. Informaram que era o pai do garoto, que por ser médico queria entra na sala de cirurgia e Dra. Karen não permitiu. Então ele comenta: - o sujeito deve ser muito burro para atrapalhar uma cirurgia delicada, ou muito pretensioso.

O garoto sai da sala de cirurgia para UTI passando por Guilherme que o olha quase chorando, sentindo medo, culpa, preocupação, e alívio por ele está vivo. Rodrigues se surpreende ao encontra-lo. Não imaginava que estava operando o filho do todo poderoso Dr. Guilherme. Sente grande satisfação com o medo e ansiedade estampada no rosto transtornado do seu oponente. E ficou grato por

Karen não o deixar entrar na sala de cirurgia, pois seu controle não seria o mesmo.

— Como ele está? - Guilherme pergunta ansioso.

— Ele chegou com hemorragia cerebral e grande compressão. Se não agíssemos rápido iria complicar e não resistiria. A cirurgia foi um sucesso, consegui conter a hemorragia e... continuava explicando em termos técnicos. Ele é jovem, com isso responderá bem. Os riscos de uma cirurgia dessa delicadeza e porte você conhece. Só nos resta esperar. Quando possível ele será transferido para o Hospital Royal.

— Fico grato por ter salvado a vida de meu filho, mas ele não vai para o Royal.

— Eu o operei e vou acompanhar. Não acredito que sua esposa aceite ser internada junto com seu filho em um hospital que os negou e por isso quase seu filho morre.

— Você não sabe que está falando e meu filho vai para o Imperial onde eu o acompanharei.

— Eu estou cansado e não vou ficar discutindo com você. No momento ele não vai a lugar nenhum. Vou tranquilizar sua esposa.

— Vou com você, pois, não deixarei que convença a ir para o Royal.

— Sra., eu sou Dr. Rodrigues. Dou dois plantões no mês aqui e trabalho no Hospital Royal.

— Oh! Meu filho como está? Posso vê-lo?

— A cirurgia foi muito boa e seu filho está bem, mas requer cuidados. Quanto à outra pergunta, ainda não pode vê-lo. Quero providenciar a transferência da Sra. e seu filho assim que possível para o Hospital Royal aos meus cuidados.

— Já disse a ele que vocês irão para o Imperial.

— Pois disse errado, não vamos para aquele hospital, muito menos com você lá. Pode providenciar a transferência Dr. Rodrigues.

— Vou deixá-los a sois. Saiu escondendo um sorriso de satisfação.

— Por favor, querida. Já disse que não tive culpa. Eu os amo e preferia que isso tivesse ocorrido comigo e não com vocês.

— Olha Guilherme, vá embora! Estou com muita raiva de você, do hospital e com muito medo e preocupação com o Felipe. Se você não estivesse de plantão nesse dia não teria culpa, mas era seu plantão e sua responsabilidade. Não se nega um socorro a ninguém. Vá embora.

Guilherme não conseguiu argumentar mais e saiu triste do quarto. Quando chegou a entrada do hospital observou a médica que o tinha informado da sua família, tentando se livrar de vários repórteres. Eles o avistaram e correram em sua direção o cercando, fazendo várias perguntas ao mesmo tempo, não o deixando pensar na resposta.

— O Sr. negou atendimento de urgência a sua própria família?

— É verdade que se não fosse plantão do neurocirurgião Dr. Jaime Rodrigues seu filho tinha morrido? – perguntou outro repórter

— Nada a declarar, disse Guilherme tenso.

— Como estar o seu filho, ele vai ficar com sequelas? – novamente o primeiro repórter.

— Como se sente por seu filho ter sido salvo em um Hospital Geral? E se ele tivesse morrido no caminho?

— Chega! Não tenho nada a declarar.

— O Diretor Geral do Hospital Imperial o responsabilizou por não ter feito o atendimento de urgência. Disse que não é procedimento do Imperial recusar urgência – falou o primeiro repórter novamente.

Guilherme não queria acreditar no que estava acontecendo, como Beckemam podia fazer isso com ele.

— Já que vocês entrevistaram Sr. Beckemam por que não fizeram perguntas também ao recepcionista que atendeu a ambulância e perguntando quem negou o atendimento? – falou com raiva.

— Perguntamos e ele confirmou que foram ordens suas e o motorista da ambulância também. Não é verdade?

Guilherme saiu correndo em direção ao estacionamento. Logo estava no Imperial invadindo a sala de Beckemam.

— Como pode fazer isso comigo? E o recepcionista você o comprou?

— Sinto pela sua esposa e filho e pelo que lhe está acontecendo, mas já que os repórteres descobriram não podia deixar o hospital sair prejudicado. Perderíamos clientes e investidores. Tem muita coisa em jogo. Você sabe.

— Claro, sua pele – falou irritado.

— Guilherme o tempo resolve tudo, os repórteres acharam outro assunto e esqueceram este e tudo voltara ao normal.

— Nada voltara ao normal. A vontade dele era de esmurrar aquele homem na sua frente, mas se controlou e continuou a falar — Minha mulher está sem falar comigo e ameaçando processar o hospital, meu filho foi operado no Hospital Geral pelo Rodrigues que convenceu Suzana a se transferir para o Royal, os jornalistas estão me crucificando por que você saiu pela tangente deixando a carga toda em cima de mim - olhou com magoa e raiva. Com tudo isso acontecendo ainda espera que tudo volte ao normal.

— Eu espero que você vá para casa, relaxe. Depois convença sua esposa a não processar o hospital e para se internar aqui. Vai ser melhor para o hospital e para sua carreira — falou com tom levemente ameaçador. Transferir algumas cirurgias suas para Dr. David, afinal você não deve estar emocionalmente bem para operar.

— Você pensa em tudo, disse Guilherme com tom irônico. Mas, tem alguns pacientes com quadro muito delicado para ser operado por David, que irei operar.

— Sinto informar que dois desses pacientes a que se refere cancelou a cirurgia — falou preocupado. E já soube que foram consultasse com Dr. Rodrigues — disse com ironia.

— Droga! Só faltava essa — falou com raiva. Beckemam não adianta ser irônico comigo, você é o culpado dessa situação.

— Vá fazer o que mandei. Convença sua esposa. Outra coisa, é melhor você não querer se defender me acusando, pois, a corda sempre arrebenta do lado mais fraco. E como você sabe esse lado não é o meu.

Guilherme saiu irritado com que acabará de ouvir, mas sabia que era verdade tudo que ouvirá de Beckemam. Precisava pensar no que podia fazer para reverter toda aquela situação em que se encontrava. Depois do que Beckemam fez não se sentia à vontade retornando ao Hospital Imperial, nem na internação de seu filho e esposa lá, mas será muito mais prejudicial a sua carreira permitir que Suzana seja internada por Rodrigues no Royal.

Guilherme quase não percebeu o caminho percorrido pelo carro. Lembrou que teria de pegar o carro de Suzana na oficina para devolver o de Paulo.

Entrou no apartamento e colocou uma dose dupla de whisky. No banheiro enquanto preparava a banheira ouviu a campainha da porta. Deixou-o aberto, o copo de whisky na pia e foi atender.

Eram dois detetives querendo o interrogar sobre o acidente de sua esposa e o ocorrido no hospital. Disseram que o acidente foi provocado por falta de freios e como houve incêndio após a capotagem não tinha como provar se o freio fora cortado. Mais essa, estava suspeitando que ele cortará o freio do próprio carro para matar sua esposa e filho por causa do seguro de vida.

Olhando para a banheira pronta e o copo de whisky, o detetive falou.

— O Sr. parece muito tranquilo para alguém com o filho e esposa no hospital?

— Detetive, se estivesse sem dormir a mais de 24 horas e passando por tudo isso, com certeza também iria querer beber e tomar um banho – falou impaciente.

— É pode ser - disse irônico. E quanto ao seguro de vida em nome de sua esposa?

— Foram feitos seguros para mim e minha esposa há mais de dois anos, isso me torna suspeito? O carro era meu, se realmente foi cortado o freio não era mais lógico que quisessem me matar e não eu à minha esposa?

— Tem algum inimigo Sr.?

— Ora, não. Acho que não.

— Sua esposa foi pegar seu carro porque o dela estava falhando, certo? Mas o mecânico informou que era apenas a válvula molhada. Ontem se não estou enganado não choveu, certo?

— Ora, detetive. Ela levou o carro a uma lava a jato, por isso deve ter molhado as válvulas. Isso não prova nada. Estão perdendo o tempo de vocês e o meu. Não há ninguém querendo matar. Se não há mais perguntas peço que se retirem.

— Certo, por hoje não há mais perguntas. O detetive saiu pensativo.

Guilherme entrou na banheira com o copo de whisky sentindo frustrado com a situação. Amava sua família, não queria a perder e também não podia deixar para trás tudo que sempre almejou para si. A vida estava sendo injusta com ele.

6º Capítulo

No Hospital Geral chega uma ambulância do Hospital Royal com Dr. Rodrigues para transferir o garoto e sua mãe. Rodrigues os queria no Royal quanto antes. Não podia dar tempo para Guilherme convencer a esposa a se internar no Hospital Imperial.

Estava tudo ocorrendo mil maravilhas – pensava Rodrigues enquanto andava em direção à Karen. Pacientes de Guilherme marcando cirurgia com ele, sua moral crescendo com a direção e os investidores. Ele será reconhecido como o melhor neurocirurgião do Estado como sempre quis e seu oponente...vamos ver...se conhece bem Dr. Beckemam a posição de Guilherme no Imperial está ameaçada. Pobre Guilherme, a esposa não quer saber dele e em breve o Imperial também não é os repórteres devem estar deixando sua vida um inferno.

— Sr.ª, seu filho já está na ambulância vim busca-la – fala um dos enfermeiros do Hospital Royal.

— E onde está Dr. Rodrigues? – pensou também onde estaria Guilherme.

— Dr. Rodrigues está conversando com Dra. Karen enquanto levamos a Sra. até a ambulância.

— Jaime você deveria esperar o esposo dela chegar. Ele ligou dizendo que estava vindo.

— Karen, querida, eu não preciso da permissão dele já tenho a da Sra. Suzana e o garoto precisa de cuidados especiais.

— Ele pode estar querendo interna-los no Imperial.

— Se você estivesse no lugar dela iria querer ser internada em um hospital que lhe recursou atendimento, ou melhor onde o próprio marido não se deu o trabalho de verificar quem eram, ou a gravidade dos ferimentos. Percebeu que ela havia entendido então lhe deu um beijo e foi para a ambulância.

A mulher olhava a criança com preocupação. Ao sentar entre as marcas disse: - Não se preocupe ele ficará bem. No Hospital Royal poderá fazer vários exames específicos e o tratamento mais adequado. A Sra. fez a escolha certa e tenha certeza que ele está em boas mãos. Dr. Guilherme não está em condições de acompanhar bem o garoto, ele já tem muito pacientes sem conseguir da conta lá no Imperial.

— Eu... só quero que meu filho fique bom. Quanto ao Imperial não conseguiria entra mais lá depois do que aconteceu.

— Eu entendo – fala Rodrigues.

Karen está pensando sobre o que Rodrigues havia lhe dito. O todo poderoso Dr. Guilherme Franco foi um canalha, daqueles que se sentem o máximo e acham os pobres dispensáveis não merecendo a perda do seu precioso tempo. Mas dessa vez por ironia do destino colocou em perigo a vida da sua esposa e filho. Será que se fosse realmente pessoas pobres e desconhecidas iria haver tamanha repercussão? Ele merece tudo que está passando. Foi despertada dos seus pensamentos com a chegada de Guilherme.

— Dra. onde estão minha esposa e meu filho?

— Já foram para o Hospital Royal – disse sem tirar os olhos do rosto amargurado daquele homem. Ao vê-lo não conseguia achar que realmente ele merecia tudo aquilo.

— Não pensei que fossem transferi-los tão cedo – disse desapontado.

— Nós precisamos de vaga aqui e também sua família, em especial seu filho, precisa de um tratamento melhor. Aqui não temos condições ...

— Desculpe dra.- a interrompe. Preciso ir ao Royal. Obrigado.

7º Capítulo

Ao chegar no hospital Guilherme viu que teria de enfrentar os repórteres antes de conseguir entrar.

— Dr. Guilherme Franco porque sua família veio para o Hospital Royal ao invés do Hospital Imperial onde o sr. trabalha?

— Vieram para continuarem sendo acompanhados por dr. Rodrigues, que é um excelente neurocirurgião.

— Não seria mais lógico o sr. acompanhar o tratamento de seu filho levando para o Imperial?

— Ou será que sua esposa não quis ir para Hospital Imperial? – perguntou outro repórter.

— É normal que um colega deixe o outro tratar dos seus e Dr. Rodrigues já iniciou fazendo a cirurgia de meu filho. Eu irei acompanhar de perto sempre que puder. Sei que Felipe está em boas mãos. Além disso estou cuidando de muitos pacientes no Hospital Imperial.

— O que comentam é que o Sr. está perdendo seus pacientes para o Dr. Rodrigues, é verdade?

— O que houve é que expliquei a alguns pacientes e eles compreenderam que devido ao ocorrido com minha família eu não poderia atender o mesmo grande volume de pacientes como de costume. Não por enquanto — respondeu tentando esconder o nervosismo.

— Desculpem, Srs. agora preciso entrar. E entrou antes que insistissem em perguntas que não saberia explicar.

Rodrigues assistia a reportagem no descanso médico. Viu que o repórter não teve a chance de retornar a pergunta sobre a esposa não querer ir para o Imperial. E Guilherme saiu-se muito bem.

Rodrigues aproxima de Guilherme na recepção e esse se vira quando percebe sua presença.

— Quero saber como está o Felipe e visitar ele e minha esposa.

— O garoto está se recuperando. Quanto a sua esposa ela não o quer receber.

— Eu não sou nenhum leigo para o Sr. dizer simplesmente que meu garoto está se recuperando, quero detalhes do que foi, está e será feito com ele – falou Guilherme irritado. E vou querer ver minha esposa.

— Não adianta falar com arrogância. O Sr. não está no Imperial. Vamos a minha sala, não quer chamar a atenção dos repórteres, não é?

Guilherme o acompanha. Achava estranha a atitude de Rodrigues na insistência do internamento no Royal e seu pouco caso com as explicações sobre seu filho. Não acreditava que Suzana não queria vê-lo.

— Sua esposa está aí. Entre. Vou espera aqui para levá-lo ao seu filho.

— Suzana, querida, sou eu...- hesitou por um breve momento – com você está...

— Saia não quero vê-lo — falou irritada. Sempre detestei seu jeito superior com pessoas simples e sua dedicação exclusiva a carreira e ao Imperial, seu descaso com seu filho. O que ocorreu no Imperial foi à gota d'água.

— Por favor, Suzana não seja injusta sempre amei vocês. Não fui eu quem recursou o atendimento. Foi Beckemam.

— Não quero mais discutir esse assunto com você. Por favor saia e quando eu tiver alta não quero em nossa casa.

Guilherme sai arrasado e encontra Rodrigues, que provavelmente ouviu a discursão, esperando para o levar até o Felipe. Rodrigues estava com semblante imparcial e distante nada solidário com a situação que estava passando, parecia muito como ele agia com seus pacientes, mas nesse momento sentiu falta do calor humano para lhe acalmar o coração.

Ao chegar na UTI vendo o filho deitado naquele leito inconsciente não consegui mais segurar toda a amargura que sentia e chorou sem controle.

Rodrigues percebeu o quanto aquele homem estava arrasado, com aqueles acontecimentos. Naquele momento não havia mais aquele autossuficiente, autoritário e prepotente neurocirurgião do Hospital Imperial e sim um pai triste com a situação do filho, com casamento desfeito e provavelmente sem pacientes. Pensou que iria sentir satisfação com toda aquela situação do seu oponente, mas para sua surpresa não sentiu. Porém, está feliz com tudo que tem conseguido e sempre almejou, devido exatamente a toda àquela situação. É, para alguns saírem ganhando muitas vezes outros têm que perder, concluiu seu pensamento e saiu deixando o sozinho com o filho.

Guilherme ficou o dia todo ao lado do filho acompanhando o tratamento e os exames. Não deu nenhuma opinião só observou. Queria estar presente quando acordasse, mas precisava ir para a casa tomar banho, comer alguma coisa e retornar. Iria passar o fim de semana acompanhando o filho e na segunda-feira tinha algumas cirurgias marcadas. Suzana continuava sem querer o ver recebendo informações do tratamento através de Rodrigues e do corpo de enfermagem.

8º Capítulo

Na segunda-feira, Guilherme foi cedo para o Imperial. Já tinha devolvido o carro de Dr. Paulo, médico residente em cirurgia geral e estava usando o de Suzana.

Chegando a sua sala encontrou Dr. David Santana meio nervoso. Então perguntou o que estava acontecendo e ele respondeu:

— Sinto muito, mas me pediram para o substituir nas cirurgias — falou com voz tremula.

— Tudo bem David, você não tem culpa nenhuma no que está acontecendo —disse com a voz firme sem demonstra o que estava sentindo. Não queria que ele ficasse ainda mais nervoso, já que iria operar no seu lugar.

— David, você é um grande cirurgião, fique calmo, pois tem a capacidade necessária para estas cirurgias. Precisando de ajuda estarei aqui na sala durante a manhã — disse querendo o acalmar, pois, gosta muito dele.

— Fico feliz que compreenda, mas preferia que você operasse e eu o ajudasse com antes.

— Você se sairá bem. Vou espera aqui.

— Até mais.

Depois que David saiu Guilherme foi falar com Beckemam.

— Dr. Guilherme o Sr. Beckemam não poderá atender agora — disse a secretária.

— Agora ele não tem mais tempo para mim — falou irônico. Vou precisar marcar horário em sua agenda lotada — disse com sarcasmo e invadiu a sala.

A secretária tentou desculpasse e Beckemam fez sinal para que ela saísse.

— Beckemam por que transferiu as cirurgias para o David fazer? Já tinha lhe dito que são cirurgias delicadas e que fazia questão de realizar — falava irritado com tom alterado.

— Se acalme, não aceito ninguém gritando na minha sala — disse com tom autoritário. Vendo que Guilherme esperava a explicação continuou.

— Os parentes dos pacientes não querem que você opere e ameaçaram tirá-los daqui para levar ao Hospital Royal. O que podia fazer era convence-los a aceitar que Dr. David operasse. Você não confia na capacidade dele? Ele é seu pupilo.

— Não é isso, David tem capacidade, mas não tem a experiência que eu tenho neste tipo de cirurgia, principalmente do Sr. Robson. É... preciso conversar com o filho do Sr. Robson sobre isso e...

— Não Guilherme! Você está se iludindo, se insistir ele pode cancelar a cirurgia e ir marcar com Dr. Rodrigues no Royal. Tire alguns dias de licença e deixe baixar a poeira.

— Você não quer mais me atender na sua sala nem me ver por perto, é isso, Beckemam? — falou indignado, sem se controlar.

— Guilherme, eu estou tentando ter paciência com você, mas está difícil.

— Vá se danar. Saiu batendo a porta.

Beckemam abre a porta com raiva e diz:

— Não apareça mais aqui, não temos lugar para perdedores.

Guilherme estava tão irritado que sua vontade era não ficar nem mais um minuto naquele lugar. Mas algo lhe dizia que David precisaria de sua ajuda, então procurou controlasse e dá um tempo na sua sala.

Concentrando-se para manter a mente vazia acabou pegando no sono. Foi acordado por uma enfermeira do centro cirúrgico. Era o David chamando e pelo horário estava operando Sr. Robson. Ele a acompanhou e após preparasse juntou-se ao David na sala de cirurgia. O quadro do paciente estava complicado e viu que ele não sabia o que fazer para controlar o problema. Guilherme assumiu a cirurgia e após conseguir resolver o problema e estabilizar o paciente fez sinal para que David reassumisse. Todos o olharam sabendo que se ele não tivesse interferido o paciente não resistiria, então antes de sair disse: - É melhor não comentarem minha participação aqui.

Guilherme tinha consciência que salvará a vida daquele paciente, mas não sentiu a satisfação e orgulho que tinha antes.

9º Capítulo

Dia após dia ia visitar o filho no Hospital, que ainda continuava inconsciente. Sabia que a probabilidade de ele acordar apresentando alguma sequela grave era pequena, pois a cirurgia atingiu seus objetivos e pelos exames estava tudo bem, mas existia e a incerteza, tudo que estava passando e os olhares de Suzana o culpando deixava ele deprimido.

A bebida passou a ser uma fuga, se alimentava mal e já não fazia a barba. Sem conseguir trabalho em nenhum Hospital já havia gastado quase todo o dinheiro da reserva que tinha com o tratamento de Felipe. Suzana conseguiu licença do trabalho para acompanhar o filho. Depois que teve alta pediu para que ele deixasse a casa, por isso foi morar no hotel próximo ao hospital, porém quando o dinheiro passou a ser insuficiente para as inúmeras despesas teve que mudar para um hotel simples na zona norte da cidade. Nunca pensou que sua vida se tornaria um caos e a bebida uma fuga.

Achava que não tinha mais nada para acontecer quando em uma das suas visitas ao Felipe, já meio bêbado viu Suzana tentando falar com o filho. Ele se aproximou olhou para o garoto já acordado, mas sem conseguir pronunciar nenhuma palavra. O olhar de Felipe para ele era de magoa e decepção. Para piorar a situação Suzana brigou com ele por estar bêbado. Rodrigues estava também presente fazendo alguns exames para verificar a sensibilidade dos membros de Felipe, se estava lúcido e orientado e se não falava devido alguma sequela, choque pelo acidente ou pela presença dos pais.

— Peço que saíam, aqui não é lugar nem hora para vocês discutirem. E preciso fazer alguns exames.

— Saíram e continuaram a discursão.

— Como você tem coragem de vim ao hospital bêbado. Não estou lhe reconhecendo. Acho melhor você procurar ajuda profissional.

— Você esperava que eu fosse a mesma pessoa com tudo que tem acontecido? Estou passando por uma fase ruim, mas não estou precisando de nenhum psiquiatra. Eu preciso de você e nosso filho, apenas isso.

— Quanto a mim nunca mais terá e o Felipe rezo para que ele possa voltar a uma vida normal, o que não será perto de você.

— Não pode me impedir de vê-lo, falou amargurado.

— Você nesse estado será muito fácil. Nenhum juiz negará um pedido para o afastar do garoto.

— Por favor, Suzana não faça isso comigo. Felipe é minha única força.

Nesse momento Dr. Rodrigues sai para conversar com eles e diz que ainda não sabe a causa do garoto não está falando, mas que ele está bem e terá uma vida normal como qualquer outra criança. Terá acompanhamento de uma fonoaudióloga, de fisioterapia e uma psicóloga para o ajudar. Informou a Guilherme que seria melhor não o visitar daquele jeito, pois pode deixar o garoto tenso, dificultando a recuperação. Guilherme não falou nada apenas foi embora.

Dr. Rodrigues estava no auge de sua carreira, sem Guilherme o seu nome passou a ser o mais requisitado pelos pacientes e outros hospitais, inclusive o Imperial. Para ele ainda não era o momento de aceitar a proposta de Dr. Beckemam para ir trabalhar no Hospital Imperial e deixar Edgar na mão. Beckemam terá que se esforçar mais para consegui lhe contratar.

Quem não estava gostando nada da situação era Dr. Edgar Diretor Geral do Hospital Royal. Ele pensava que sem Guilherme iria conseguir tirar os investidores e melhores clientes do Imperial. Mas Beckemam está conseguindo manter parte deles e ainda tenta roubar o Rodrigues do Royal. Não pode deixar isso acontecer. Aparentemente Rodrigues não tem intenção de ir para o Hospital Imperial, pensa Edgar, ele até deixou os plantões do Hospital Geral para dedica-se às cirurgias no Hospital Royal. Atualmente é o médico que traz mais retorno para o hospital e Edgar sabia que seria assim com Guilherme fora do caminho. Precisava conversar com Jaime sobre o assunto.

10º Capítulo

Indo para o Hospital Geral Karen lembra da falta da ajuda de Rodrigues no hospital e também em sua vida. Seu relacionamento entrou em crise, com ele sem tempo para os plantões no Hospital Geral e também para ela, então terminaram. Sentia-se muito sozinha e estressada e sabia que a ambição dele iria os separar um dia.

Guilherme entrou em um bar na zona norte da cidade. Olhou em volta e pensou que ele deveria estar maluco em se meter num local como aquele. Ali se via de tudo: traficante, prostituta, bêbados, e ele podia se enquadrar no grupo dos bêbados, pensou. Enquanto bebia olhou para o fundo do bar e teve a impressão de já ter visto um dos homens que jogava bilhar, próximo ao seu carro um dia antes daquele trágico acidente. Então sentindo o sangue lhe subir à cabeça foi ao grupo em direção ao homem.

Ao se aproximar do sujeito partiu para cima empurrando e o acusando de ter mexido em seu carro para provocar acidente e perguntando quem foi o mandante.

O homem o agarrou e o jogou em cima da mesa de bilhar e antes que ele reagisse os outros dois os seguraram.

— Você é maluco para me provocar desse jeito? — socou no estomago. Hem? - socou novamente. Não, é um bêbado idiota.

Guilherme tentava se saltar e reagir com as pernas. Então o sujeito o agrediu com um taco de bilhar e pegou uma garrafa de whisky.

— Que tal beber mais um pouquinho, hem? Hei, nem pense em resistir. Mostrou uma faca de caça e começou a força-lo a beber o conteúdo da garra.

Minutos depois.

— Agora podem saltar o valentão. Olhe, não volte mais aqui, na próxima não sairá vivo.

— Porque não o matamos?

— Agora quer ele que viva.

Guilherme mal conseguia fica de pé, segurando-se nas mesas foi direção a porta ouvindo gargalhadas enquanto saía.

Já na rua andava cambaleando sem consciência da direção que tomava e de repente resolveu atravessar a rua se batendo em um carro que passava, caindo na calçada. O carro para e dá ré parando próximo a ele.

— Você se machucou? – perguntou Karen nervosa o examinando. Está com um ferimento na testa. Vamos ao Hospital Geral. Ajudou a levantasse e sentasse no carro.

Já no hospital enquanto Karen dava os pontos em Guilherme reinou o silencio, pois, ele não conseguiu responder nada que fizesse sentido devido ao seu estado de embriaguez e ficou muito envergonhado na presença dela. Karen resolveu deixar para conversar depois que o soro glicosado o tirasse daquele estado.

Mais tarde Guilherme já se sentia sóbrio, porém, com um pouco de enxaqueca. Um auxiliar lhe pediu a maca onde estava para colocar um paciente grave. O hospital estava muito cheio, com gente sendo atendida no corredor. Os médicos tentando atender todos, mas priorizando os mais graves e com maiores chances de sobrevivência.

O acidente tinha sido entre dois ônibus de viagem, um levando um grupo de idosos e o outro com pessoas de idades variadas, inclusive crianças. Guilherme observou Karen no final do corredor optando em atender uma criança em estado grave ou um idoso com problema para respirar. Ao aproximasse mais viu que o idoso precisava de traqueotomia urgente e a criança entrando em parada cardíaca era socorrida por Karen. Sem pensar duas vezes viu material cirúrgico ao lado o pegou e fez a traqueotomia no idoso. Karen ao conseguir tirar a criança do estado crítico olhou em direção ao idoso e viu Guilherme finalizando o ato cirúrgico. Fez sinal agradecendo deixou a criança aos cuidados de um enfermeiro e foi atender outro caso grave. Guilherme passou a ajudar o cirurgião de plantão, em especial os casos de traumatismo craniano e torácico. Ao final do dia estava tudo sobre controle e todos estavam exaustos. Então Karen dirigiu sua atenção a Guilherme.

— Obrigados pela ajuda, sem você não conseguiríamos salva a todos. Posso convida-lo para jantar?

— Obrigado, mas eu é que deveria convida-la, contudo só poderia pagar um sanduíche — falou com tom sarcástico.

— Não quero ser intrometida, mas acho que precisa de alguém para conversar. Dou-lhe uma carona, você toma um banho e relaxa; vou para casa me arrumar e volto para o pegar, está bem?

— Certo, vamos!

Karen parou em frente a um Hotel simples na zona norte. Imaginou as dificuldades que ele estava passando depois do acidente com o filho e esposa. Já sabia que tinham se separado, mas achava que ele estivesse em uma melhor situação, sendo um homem de tanto talento. Ele foi incrível atendendo os pacientes com eficácia e rapidez, e de uma forma carinhosa que a surpreendeu.

— Um dólar pelos seus pensamentos — fala Guilherme chamado sua atenção.

— Nada importante. Conversamos durante o jantar. Pego você às 20:00h, tchau.

Guilherme ficou imaginando o que Karen estaria pensando a respeito dele. Será que ela estava com pena dele ou o achava um perdedor, como todos seus antigos amigos que o abandonaram ou ainda o desprezavam pela sua atitude no dia do acidente de seu filho e esposa, já que a mídia com a ajuda de Beckemam o crucificaram. Queria muito que ela acreditasse na sua inocência e não o desprezasse, nem sentisse pena dele.

Guilherme ao entrar foi direto ao espelho do banheiro e viu que estava com uma aparência horrível. Decidiu fazer a barba antes do banho.

Depois de meia hora tentando escolher uma roupa colocou uma calça de brim bege e um suéter no tom creme, bege e marrom com decote em v que realçava seu tórax peludo. Eram roupas caras que o deixava elegante como nos bons tempos, nada parecido com o jeans surrado e camiseta que estava usando naquele dia. Estava nervoso e olhava várias vezes para a garrafa de whisky. Não queria estragar a noite ficando bêbado, mas também achava que não conseguiria falar do que estava passando sem tomar alguma bebida e sabia que ela faria perguntas que o deixará envergonhado. Colocou a bebida no copo.

Enquanto isso no apartamento, Karen troca pela terceira vez de roupa e acaba optando por um vestido tubinho preto que realçava suas curvas. Estava nervosa com o encontro, não sabia com Guilherme reagiria às perguntas, mas queria muito ajudá-lo a voltar a uma vida saudável. Deu mais uma olhada na mesa verificando se não havia esquecido nada, tirou a lasanha do forno pegou as chaves e saiu.

Parando em frente ao hotel buzinou. Guilherme não bebeu, olhou o copo na mesa e saiu.

Enquanto ela dirigia ficaram em silêncio. Karen gostou de vê-lo tão bonito quanto naquele dia no hospital, desesperado atrás de notícias da família. Chegou a ter raiva dele naquela época, mas o sofrimento muda as pessoas e ele não era mais o mesmo sujeito arrogante, com ar superior que conheceu naquele dia. Ele já olhava as pessoas pobres com respeito.

Karen parou em frente ao prédio de 3 andares onde morava em uma área de classe média ainda na zona norte da cidade, não muito longe do Hospital Geral e de onde

Guilherme morava. Percebendo que ele ficou supresso, disse:

— Preparei lasanha e chester para comermos. Achei que conversaríamos mais à vontade aqui do que em um restaurante.

— Pensou certo - falou forçando um sorriso.

O apartamento era simples e aconchegante. Tinha esculturas bonitas e quadros caros que constatava com o restante da decoração modesta. Karen havia guardado a foto do pai, então Guilherme só viu fotos dela sozinha, com a mãe e a amiga que dividia o apartamento.

— Quem são? – perguntou curioso.

— Esta era minha mãe e aqui Carla. Divido o apartamento com ela.

— Onde ela está agora?

— Está passando uns tempos com os pais no interior. Sente, não sei você, mas estou faminta.

— Confesso que também estou faminto. Posso ajuda-la.

— Não se preocupe está tudo pronto é só esquentar nas micro-ondas.

Guilherme ajudou levando o chester para a mesa e ela colocou a lasanha e retornou para pegar uma garrafa de vinho na geladeira.

Ele olhou para a garrafa meio tenso e ela disse:

— É só para quebrar o gelo, disse com tom suave.

Ele relaxou e durante o jantar falaram sobre ela. Então ficou sabendo que os quadros eram presentes da família e as esculturas tinham arrecadado em leilão. Ela estudou na Europa e lá trabalhava em hospital público, então quando retornou contrariou o pai indo trabalhar no Hospital Geral, pois, não acostumou com a frieza em um hospital particular com médicos pretensiosos e pacientes frescos. Ao dizer isso pediu desculpas. Então ele disse.

— Não precisa se desculpar, realmente sempre fui soberbo. Meu mundo era aquele com pessoas pretensiosas ou fúteis que gastavam fortunas para afinar o nariz ou tira um sinal e profissionais como eu que considerava natural aumentar os dias do paciente na UTI mesmo sem necessidade. Sempre foi importante para mim ser o melhor e ser reconhecido como o melhor, o maioral, o todo-poderoso. Exigia perfeição de todos e quem não atendesse as minhas expectativas era fraco, perdedor. Pensava no trabalho, poder e dinheiro e minha esposa já não estava suportando as minhas desculpas devido à ausência na vida familiar. Não saia mais com ela, nem com o Felipe, prometia ir vê-lo nas competições de natação, mas sempre acabava marcando alguma cirurgia... - parou de falar sentindo um nó na garganta.

— Seu filho está bem? quis saber Karen. Ela sabia que era difícil para ele falar sobre o assunto, mas queria faze-lo desabafar.

— Suzana moveu uma ação contra mim para não poder ver o garoto, pois, toda vez que a encontrava estava bêbado. Quanto mais ela o afastava mais eu não conseguia me afastar da garrafa. Ele agora está tendo uma vida normal, voltou a nadar, inteligente como sempre, mas... desde o acidente não fala, e não tem nenhum motivo clínico que justifique. Acredito que eu seja a causa do bloqueio – falou triste.

— Por que está se culpando?

— Ele estava magoado por não ter saído com ele, depois aconteceu o acidente e pode ter ouvido comentários sobre ter negado socorro.

— Você está especulando, não seja tão duro consigo. Ele teve um trauma devido ao acidente e sente sua falta. Guilherme, precisa reagir para volta a vê-lo.

— Sabe. Eu realmente não respeitava os pobres, pois, achava que quem não tinha nada era por falta de garra, inteligência e determinação, isto é, um perdedor. Era um mundo totalmente fora do meu. Mas não fui eu quem negou atendimento no dia do acidente. Eu estava com Dr. Beckemam, ele atendeu ao telefone e falou para a recepcionista mandar a ambulância para o Hospital Geral. Depois que ele me explicou o ocorrido falei que podia ser alguém de posses que perdeu os documentos no acidente e que era melhor ir verificar – falou com tom magoado. Foi uma maneira de convence-lo sem que achasse que estava sendo sentimental ou amolecendo – parou de falar ao perceber que Karen estava tensa ou até mesmo chateada, achou que ela não tinha acreditado nele, provavelmente pensava que ele acusava alguém que não estava ali para se defender. Já vou embora – disse tirando Karen do transe.

— Já? Eu vou levar você ... - falou meio atordoada.

— Não precisa Karen. Vai ser bom andar um pouco. Obrigado pelo jantar – e saiu.

Guilherme saiu não dando tempo para Karen questionar. Ao contrário do que Guilherme pensava Karen sabia do que seu pai era capaz e acreditava na história dele, mas ficou muito perturbada com a situação, lembrando-se das entrevistas do pai colocando toda à culpa em Guilherme e que o substituiu no Imperial, não deu nenhum apoio deixando-o ir ao fundo do poço. Já achava que Guilherme tinha raiva de Beckemam devido às entrevistas, por isso evitou que ele soubesse quem era seu pai, agora tinha certeza que ele o odiava e que se afastará dela ao descobrir que Beckemam era seu pai.

No caminho Guilherme parou em um bar, pois sentia necessidade de beber, comprou uma garrafa e saiu. Enquanto bebia pensava em Karen, lembrou também do homem que viu perto do carro no dia do acidente e que precisava falar com o detetive que investigava o caso. Ao chegar no hotel mal conseguia se manter em pé. Uma mulher se aproximou e o ajudou a entrar. Perguntou qual era seu apartamento pegou as chaves e o levou com certa dificuldade. Ele estava muito envergonhado por necessitar de ajuda e recebe-la de uma funcionária do Hospital Imperial.

Isaura é uma linda afrodescendente de cabelo negros longos e olhos castanhos, próximo aos 55 anos de idade e há 15 anos trabalhando no Hospital Imperial como enfermeira.

Ao entrar no apartamento agradeceu tímido e ela apenas disse que iria prepara um café forte. Era uma mulher de fibra que não deixava ninguém menosprezar ela, por isso a admirava e não imaginava num lugar como aquele. Ela voltou entregou o café e disse:

— Eu moro no andar de cima com meu filho. E ele ainda tem uma mãe para cria-lo graças a Deus e ao Sr. Dr. Guilherme, que descobriu ser a minha dor de cabeça um aneurisma, me operou sem cobrar nada cobrindo minhas despesas do hospital com parte do material gasto com os ricaços. Sei que se dependesse do Sr. Beckemam teria ido para o Hospital Geral ou morrido.

Guilherme lembrou que no hospital sempre se aumentava a quantidade de material cirúrgico gasto com os pacientes e esse excesso era suficiente para cirurgias extras.

A mulher voltou a falar.

— O Dr. não merece o que está passando. Sei que foi Sr. Beckemam quem recursou sua esposa e filho naquele dia, pois, o Dr não faria isso.

Guilherme não esperava ouvir aquelas palavras. Estava se sentindo mais sóbrio, mas não sabia se pelo café ou pelas palavras ditas por ela.

— Deve dá a volta por cima, não tenha pena de si mesmo, pois não existe apenas o Hospital Imperial para o Dr trabalhar.

— Eu já tentei outros hospitais, não consegui, a minha reputação não está das melhores – disse com tom triste.

— Sabe todos os admiravam naquele hospital, não me olhe assim, que não estou falando nenhuma besteira. Era admirado pela sua determinação e competência. Sempre muito exigente querendo tudo perfeito e sem demora, mas nunca humilhou ninguém. Implantou curso profissionalizante para dá uma segunda chance àqueles que não estavam no padrão exigido pelo hospital. O Dr sempre foi um ganhador, então para de beber e lute para ter sua vida de volta.

— Obrigado pelas suas palavras, mas estou sem forças para lutar.

— Não venha com essa. O Dr já nasceu com essa força e a transmitia para todos. Só precisa dá uma chance a si mesmo para essa força vim à torna. Não me desaponte, nem a si mesmo. Agora vou embora, meu filho está esperando.

— Obrigado mais uma vez.

Depois que Isaura saiu passou a refletir sobre suas palavras. Não pensava que ela entendesse suas atitudes daquela forma e não imagina quantos pensam como ela, mas gostaria que fossem muitos. Resolveu tomar uma ducha e ir dormir. Apesar do corpo cansado não sabia se conseguiria dormir de tão excitado que estava com a ideia de retornar sua vida. Lutar pelo seu filho, seu trabalho e pela admiração de Karen. É, não queria que ela continuasse o desprezando ou tendo pena, e sim que o admirasse e gostasse dele.

11º Capítulo

Na delegacia o detetive Cobra olhava a pasta do caso do acidente de carro da família do Dr. Guilherme Franco de Almeida Jr., sempre achou que não foi acidente suspeitando de Guilherme e também da mulher dele, pois ambos teriam o mesmo motivo: o seguro de vida que fizeram um beneficiando o outro. O carro era de Guilherme, então o mais provável seria ele a sofrer o acidente, no entanto a mulher e o filho foram as vítimas. Não tinha nenhuma prova e seus anos de experiência diziam que eles não eram culpados. Agora com dados novos que Guilherme disse ter ao telefonar no início da manhã o animou para retornar com mais força as investigações. Outro suspeito é Dr. Jaime Rodrigues Martins neurocirurgião do Hospital Royal, mas também sem nenhuma evidencia que justificasse voltar a intimá-lo. Não podia acusa-lo por ter progredido com a ausência do Dr. Guilherme, apesar de que para alguns, seria motivo suficiente para matar.

Guilherme colocou uma roupa esporte que o deixou com ar de descontraído, mas elegante. Depois que passasse na delegacia queria ver a competição do filho, porém, dessa vez não tinha sido convidado. Já houve as eliminatórias e hoje era a classificação para a semifinal. Soube através de Rodrigues quando ligou pela manhã para saber se Felipe estava progredindo com o tratamento. Ele já não estava acompanhando o garoto justificando ser trauma psicológico, encaminhando a uma psicóloga que Guilherme conhecia. Não o poderia culpa, pois, agia da mesma forma sem dá atenção aos pacientes que saiam de alta.

Ao chegar na delegacia contou ao delegado o ocorrido no bar quando reconheceu o homem que viu próximo ao seu carro antes do acidente. O detetive tomou seu depoimento e disse que iria investigar e o chamar para identificar o suspeito quando o pegasse.

Quando saiu da delegacia tinha uma hora para a competição. Passou em uma loja próxima comprou um boneco desses que estão na moda e que seu filho colecionava. Já no clube os meninos estavam com os pais enquanto não eram chamados para as arraias. Avistou Felipe e Suzana pensou se aproximava antes da competição ou deixava para complementa-lo depois. Resolveu se aproximar. Percebeu que Suzana ficou tensa ao vê-lo e teve medo da reação de Felipe. Então disse: - Oi! Campeão! Felipe virou-se e seus olhos brilharam. Suzana se surpreendeu com a forma carinhosa que Felipe abraçou o pai.

O juiz apitou para chamar as crianças.

— Vá filho, vou ficar aqui torcendo por você – disse emocionado.

Guilherme era o pai que mais vibrava na torcida. Estava muito feliz por Felipe tê-lo recebido tão bem. Terminou a competição com Felipe em quarto lugar. Apesar de ter se classificado ele se aproximou triste sentido que decepcionara o pai. Mas Guilherme estava eufórico com um largo sorriso e percebendo a reação do garoto, disse:

— Não fique assim, está tudo bem, você foi ótimo. Abraçando-o forte.

Suzana percebeu que ele estava sendo sincero e que deixou o filho satisfeito. Desde o acidente não tinha visto seu filho tão feliz e Guilherme também estava diferente com um ar descontraído brincando com o cabelo de Felipe. Tinha medo que ele voltasse a decepcionar o menino fazendo promessa de assistir as competições. Não tinha notícias de Guilherme desde que o juiz o proibiu de ver o garoto, devido ao processo movido por ela por causa do problema da bebida e da vida que estava levando. Esperava que ele tivesse superado as dificuldades e realmente tenha largado a bebida. Não sentia mais raiva dele, mas não permitirá que magoe Felipe.

Guilherme entregou o boneco e Felipe mostrou a mãe como se pedisse permissão para ficar com o presente. Suzana fez sinal que sim, pois não podia negar vendo a expressão de alegria do garoto. Guilherme agradeceu e pediu para acompanha-los.

— Não sei... se é uma boa ideia... o juiz...

— Por favor, Suzana. Só quero curtir um pouco o meu filho. Tenho sentido muita falta dele — disse com tom amargurado.

— Tudo bem. Vamos para casa, você almoça e passa a tarde com Felipe no condomínio.

— Queria levar ele para passear, talvez no zoológico.

Suzana olhou para Felipe e mandou que esperasse no carro e voltou a falar com Guilherme.

— Não. Por você está sóbrio hoje não é garantia que não bebe mais e que voltou a ser o homem responsável de antes. Para voltar a sair com ele terá que provar a mim e ao juiz que pode ser responsável por ele.

— Tudo bem será no playground e pelo condomínio, certo? Mas por favor não me proíba de sempre o visitar. Não vou mais beber e terei minha vida de volta.

Foram para casa onde viveram juntos. Almoçaram e ele foi passear pelo condomínio com Felipe. Já há muito tempo não tinha uma tarde tão feliz e sua vontade era que o tempo parasse ali, mas chegou a hora de ir. Despediu-se do garoto e de Suzana. Felipe não queria que ele fosse, então Guilherme falou que sempre que possível viria vê-lo e Suzana ficou com o semblante de preocupada.

— Não se preocupe — fala Guilherme imaginando o que ela pensava. Eu não vou dar mais nenhuma mancada.

Dois dias depois na mansão dos Beckemam, Karen discutia com o pai sobre o caso de Guilherme.

— Ora, depois de colocar a culpa nele ainda o despediu e usou sua influência para os outros hospitais não o contratar. Não acha que foi longe demais — falou irritada.

— Mas você só gosta de perdedores, não é mesmo? Quando Guilherme era bem sucedido eu insistia para conhece-lo e você não dava atenção. Agora fica tomando as dores dele. Ele foi se queixar a você? que belo papel.

– Ele não sabe que sou sua filha. Apenas comentou o ocorrido naquele dia infeliz.

– Tem tanta certeza de ele não saber quem você é? Guilherme sempre foi esperto. Pode a usar para voltar ao Hospital Imperial.

– Pare, pare! Você distorce tudo. Acha que todo mundo é como você? querendo sempre levar vantagem, mesmo que para isso use outras pessoas.

– Não, claro que não. Existem poucas pessoas espertas, que nasceram para vencer como eu. Guilherme era uma dessas pessoas, por isso o admirava. Pena que ficou sentimental e teve muito azar. Mas quem é esperto sempre aproveita as oportunidades e você é uma grande oportunidade – falou com tom irônico. Pense nisso.

Karen saiu chateada. Enquanto dirigia para o Hospital Geral pensava no jantar com Guilherme, em como reagiu. Não entendia por que ele saiu daquele jeito. Será que ele achou que ela não estava acreditando na sua história ou já desconfiava que Beckemam era seu pai e devido a sua reação teve certeza disso, por isso não conseguiu ficar na presença dela? Não conseguia chegar a nenhuma conclusão. Só não pode levar em consideração o que seu pai havia lhe dito, pois não acreditava que Guilherme fosse daquele jeito ou se era, o sofrimento o havia mudado. Lembrou que ele havia dito que ignorava os pobres, mas quando ajudou no plantão agitado do Geral havia interesse e dedicação àquelas pessoas. Naquele momento ele se importava com elas e estava feliz salvando vidas.

A fama e poder corrompe as pessoas levando ao egoísmo, a falta de compaixão, de solidariedade. O seu pai era um corrompido e Guilherme estava no mesmo caminho quando o destino interrompeu de forma trágica para fazê-lo repensar em sua vida e ter a oportunidade de recomeçar com novas perspectiva deixando fluir o que realmente tem em seu íntimo. E ela sabe que no íntimo Guilherme é um homem bom e espera que ele também saiba e consiga se reerguer.

Karen chega ao hospital e deixa de lado seus pensamentos começando mais um dia de trabalho.

No final da manhã o diretor do hospital convoca os médicos e enfermeiras para apresentar um novo membro da equipe. Já tinham a informação que era um médico voluntário. Então os comentários eram de ser um inexperiente querendo aprender com os pacientes do Hospital Geral ou alguma "almofadinha" querendo fazer média com o diretor. Qualquer um dos casos iria aumentar o trabalho deles. Mas para surpresa de todos não era nenhum inexperiente, e sim, um dos melhores neurocirurgiães do Estado e com grande experiência também em cirurgia geral, embora fora de ação devido aos problemas pessoais, ninguém podia negar a competência e experiência de Dr. Guilherme Franco de Almeida Jr.

Karen gostou muito da surpresa, mas os outros colegas tentaram não demonstrar sua insatisfação. No entanto ela percebeu a maneira fria com que o cumprimentaram.

— Seja bem vindo – fala Karen com um sorriso. Você terá que entrar no ritmo, pois é comum dia agitado como aquele que você presenciou.

— Obrigado. Parece que apenas você me aceitou por aqui – falou baixinho.

— Não ligue para eles. É questão de tempo para se acostumarem, também tiveram uma certa resistência comigo... - arrependeu-se do que iria falar, mas continuou tentando explicar. Eu tive estudando fora e ao retornar preferi trabalhar para a população pobre e eles acharam que iria desistir e procurar um hospital particular.

— Você não é uma garota ambiciosa – falou com um sorriso.

— Não é questão de ser acomodada e sim uma opção de vida. Claro que para ter um certo padrão também trabalho em clínicas particulares.

— Não quis insinuar que fosse acomodada. Você é muito dinâmica e com certeza competente, podendo trabalhar em qualquer hospital de nível que queira.

— Hei, vocês vão ficar aí no meio do corredor de papo enquanto nos matamos de trabalhar – falou Dr. Jorge em tom de brincadeira.

— É... vamos pôr a mão na "massa", isto é, no paciente – falou Guilherme sorrindo.

Karen também sorriu e foram trabalhar.

12º Capítulo

Na delegacia o detetive Cobra reler os depoimentos do Dr. Charles Beckemam e Dr. Jaime Rodrigues.

Beckemam dizia não ter ideia de ninguém que quisesse matar Guilherme ou família dele, pois que ele soubesse o mesmo não tem inimigos, talvez alguns invejosos com todo homem de gabarito, competência e fama tem. Referia-se a si mesmo dizendo que muitos invejavam seu sucesso, mas não a ponto de quererem mata-lo. Que homem pretensioso e prepotente – pensou detetive Cobra.

Já Rodrigues disse que sempre foi concorrente amigável de Guilherme. Que ele tinha sua clientela e Guilherme a dele. Demonstrou irritação quando foi insinuado sobre as vantagens que estava tendo com o afastamento de Guilherme. Então ele disse que realmente aumentou sua clientela com também outros neurocirurgiães do Estado, já que o bolo agora é dividido por três e não quatro era normal a fatia dos que ficaram tornasse maior, mas isso não significa que qualquer um deles iria matar o outro para aumentar a fatia. O detetive lembrou que comentou que se mata por motivos sem muita importância e também por dinheiro, poder e fama, mas não o estava acusando, apenas interrogando como às outras pessoas próximas a Guilherme. Percebeu que ele saiu irritado e preocupado com a insinuação. Era um homem ambicioso, mas não do tipo assassino, nunca se sabe.

Estava vigiando o bar onde Dr. Guilherme reconheceu o tal sujeito e esperava que através dele chegasse ao mandante. Também colocou um agente o vigiando, pois, se ele era o alvo daquele acidente podem tentar novamente ou o tal sujeito do bar pode querer o eliminar por conta própria para não ser identificado.

Enquanto não aparece nova evidência só resta esperar o rato morder a isca.

No Hospital Imperial Rodrigues conversa com Beckemam que está insistindo para ele sair do Hospital Royal para ser exclusivo no Imperial. Rodrigues quer permanecer nos dois, mas com a insistência irá deixa Hospital Royal. Sabia que Edgar não irá gostar, mas a proposta é muito boa ultrapassando suas expectativas. Como ele poderia deixar essa oportunidade passar? Edgar irá entender seus motivos. Será da maneira dele, pois, chegou sua chance de realizar seus planos há muito tempo na espera. Só não gostava de ser suspeito no caso do acidente da família de Guilherme.

Rodrigues saiu do Imperial e ao chegar no Royal pensou: é hora do show. Entrou no gabinete de Edgar deixando a porta aberta, o olhou e começou a falar. Edgar não parava de andar de um lado a outro discutindo que ele não podia o abandonar para trabalhar junto com seu maior concorrente. Que não era justo, Beckemam fez para o afrontar, quando tinha Guilherme ele não o considerava e era contra seu envolvimento com a filha, perguntou se ele tinha esquecido desses fatos. Rodrigues comentou que ele reconheceu seu valor e ficará muito satisfeito se ele e Karen voltassem a namorar. Está o contratando pela sua competência e não para afrontar ninguém e o que impedia seu crescimento era que Beckemam só enxergava Guilherme a sua frente, mas agora ver quem está ao seu redor. Então Edgar fala com tom áspero que se ele sair para ser exclusivo do Hospital Imperial não será como imagina, pois, ficará sem um concorrente a altura por pouco tempo e Beckemam também se arrependerá.

— Lamento Edgar, você não achará ninguém que me supere. Se estiver pensando no Guilherme, ele é carta fora do baralho. Ninguém de gabarito vai querer ser operado por ele depois de todo o escândalo desde o acidente e estado de bebedeira em que ele anda. Colocá-lo será decretar sua falência. Posso indicar grandes colegas para me substituir não deixando cair o nível do Royal.

— Tudo bem, Rodrigues. Vamos aguardar e vê o que acontece. Eu mesmo irei escolher seu substituto.

Rodrigues foi embora.

No Hospital Geral, Karen observa de longe Guilherme e se lembra do segundo dia de trabalho dele. Ele trabalhava com nenhum outro, não parou para descanso tentando não ligar para resistência que outros médicos e algumas enfermeiras estavam fazendo, mas isso o perturbou e muito, tanto que ao final do dia estava encolhido no canto reservado da ala mais calma do hospital com uma garrafinha de bebida na mão tentando resistir à tentação de beber. Ele ficou envergonhado quando ela se aproximou vendo a bebida na sua mão. Não disse nada, mas ouviu com atenção as suas palavras: "Guilherme, você mostrou muita coragem em se oferecer como voluntário e está se dedicando como nenhum outro, só precisa dá um tempo para as pessoas aqui se acostumarem com você. Com seu carisma irá conquistar a todos rapidinhos, é só acreditar nisso. Quando se sentir triste não recorra à bebida, e sim me procure, pois eu sou sua amiga". Ele não falou nada apenas lhe entregou a bebida beijou sua testa e saiu.

Os dias se passaram e ele foi conquistando um a um como ela havia previsto. Hoje ela o olha com um certo ciúme, pois, se tornou o centro das atenções principalmente entre as mulheres, claro. Com ela continua sendo atencioso, amigo; almoçavam juntos, mas não se sentia à vontade para desabafar. Não conversaram mais sobre aquele dia do jantar e isso a aborrecia. Tinha que esclarecer sua reação e entender a dele, mas tinha medo e julgava que ele também adiava a conversa. Estava feliz por ele ter deixado a bebida e está reconquistando aos poucos seu lugar como neurocirurgião.

Além do Hospital Geral dava plantões como voluntário em vários hospitais de médio padrão espalhados pela cidade e pelo que disse só solicitou pequena gratificação para transporte e refeições. Claro que os hospitais onde Guilherme estava trabalhando ficaram muito satisfeitos com o aumento das cirurgias engrossando suas margens de lucro. Os grandes hospitais como o Imperial e o Royal ainda não estavam incomodados com os pacientes que deixavam de operar com eles porque foram poucos e os que importam para eles eram os ricaços que pagam sem questionar.

— Um dólar pelos seus pensamentos — falou Guilherme com tom divertido.

— Um dólar não dá para comprar meus pensamentos, eles são muito preciosos – diz Karen com um sorriso maroto. Ela estava tão distraída em seus pensamentos que não percebeu a aproximação dele, mas agora seu coração disparara pela presença daquele homem que para ela parecia um deus grego.

Guilherme estava admirando aquela mulher linda e frágil que parecia uma bonequinha de louça, mas com uma força interior e personalidade enorme. Já há muito tempo queria convida-la para jantar, porém receava pela sua resposta.

— Dê-me uma chance de suborna-la com um jantar e conhecer um pouco desses pensamentos preciosos. Pode ser às 20:00h?

— Posso preparar algo para comermos no meu apartamento e...

— Não, quero leva-la em um lugar especial. Pego-a as 20:00h, ok?

— Certo.

Guilherme beijo-lhe a testa e saiu.

No apartamento, Guilherme terminou de vestisse indo até o espelho para certificasse que estava bem produzido. Então sorriu em sinal de aprovação. Estava trajando uma calças social cinza com uma camisa de cor azul clara com listas finas de tom cinza que lhe caiu muito bem. Antes de buscar Karen passou na casa de Suzana para visitar Felipe. Tinha passado o domingo com ele, mas já estava com saudades e agora que irá trabalhar também no

Hospital Royal terá que aproveitar todas as horas possíveis para estar com ele.

Suzana o recebeu com um sorriso dizendo que Felipe estava brincando com coleguinhas no quarto.

— Passei aqui só para dá um beijo de boa noite nele, pois, estava com saudades.

— Você está muito bem. Tem um encontro?

— Acertou! Por isso não posso demorar.

— Certo, mas dessa vez não deixe o trabalho ser mais importante que sua vida sentimental. O que ela faz?

— É médica no Hospital Geral.

— Ah! Com ela as chances de dá certo são melhores já que são da mesma área, isto é, "farinha do mesmo saco".

— Lamento se a fiz sofrer, não tinha consciência disso, hoje eu tenho e peço desculpas.

— Tudo bem. Estou feliz pela sua mudança e dedicação. Não ligue, foi uma recaída de ciúmes. Eu também conheci uma pessoa muito boa e ele é muito carinhoso e gosta do Felipe. Não faça está cara, pois seu lugar é garantido no coração de seu filho.

— Foi uma recaída de ciúmes — disse com um sorriso maroto. E ele o que faz?

— É arquiteto. Não precisa nem dizer que ele também está dentro da minha área.

— É farinha do mesmo saco — diz Guilherme rindo.

Guilherme foi para o quarto ficar um pouco com o filho que ao vê-lo abraçou com carinho e queria que brincasse junto com seus coleguinhas.

— Hoje não posso, querido. Tenho um encontro com uma gata, outro dia a apresentarei a você, mas não pode paquerar a garota do papai, certo?

Guilherme ficou satisfeito com o largo sorriso que Felipe deu. Brincou um pouco, se despediu dele e de Suzana e foi embora.

Enquanto dirigia pensava por que seu garoto ainda não falava, talvez trauma do acidente. A fonoaudióloga e psicoterapeuta não estavam ajudando, ao contrário, o deixava ansioso e irritado, por isso suspendeu o tratamento. Esperava que com o tempo ele voltasse a falar. Estacionou e em frente ao apartamento, quando Karen atendeu a porta fingiu que ia ajoelhar pedindo perdão pelo atraso. Karen achou graça e disse que irá perdoar por que só foram 15 minutos e se ele demorasse mais podia a encontrar morta de fome. Ele elogiou dizendo que ela estava muito bonita e irá deixar os outros homens morrendo de inveja dele. Ela diz que ele também não estava nada mal, já esperando a reação dele.

— Nada mal? Passei mais de uma hora me arrumando e você diz que não estou nada mal? – falou fazendo cara de zangado.

Karen deu um largo sorriso e diz que ele estava lindo dando-lhe um beijo rápido beijo na boca e em seguida se afasta meio sem graça. Ele também ficou sem ação por uns instantes e por fim disse com um sorriso.

- Vamos ao jantar, não quero que morra de fome. Pegando sua mão e beijando-a com carinho, saíram do apartamento.

Ela ficou surpresa com o carro. Ele abriu a porta fazendo-a entrar, deu a volta entrou e foram para um restaurante chique.

— Você está cheio de supressas está noite.

— Tenho um monte delas. Contenha sua curiosidade mocinha.

O garçom levou-os a mesa e entregou o cardápio de bebidas a Guilherme que escolheu um excelente vinho italiano.

— Está noite pede um bom vinho. Já aprendi a beber socialmente, mas não me deixe exagerar. Acho que consegui recuperar minha autoestima.

— Você está muito bem e não estou falando do carro ou restaurante e sim do seu astral. Está conquistando a todos com seu carisma.

— Só estou interessado em conquistar uma pessoa em especial, mas mudando um pouco de assunto. Recebi uma proposta para trabalhar no Hospital Royal e o carro fez parte do adiantamento.

— Isso quer dizer que irá deixar o Hospital Geral?

— Não. Vou continuar no Geral e diminuir os plantões que tenho dado em outros hospitais. Trabalharei nos horários vagos do Hospital Geral. Sei que no início não terei muito trabalho lá no Royal, rico tem medo de se envolver em escândalos, e minha história ainda é lembrada por muitos, mas espero que com o tempo recupere parte dos clientes que tinha.

— Não precisa preocupasse, assim como conquistou a população pobre do Hospital Geral e outros, irá também atrair os ricaços ao Royal. Competência não lhe falta e eles sabem disso.

— Não é simples assim, Karen. A memória da população só é fraca quando se refere aos políticos, ainda sinto na pele a recusa de algumas pessoas. Mas as portas estão se abrindo para mim de novo. Vou aceitar a proposta de Edgar e espero conquistar uma nova clientela. Apesar de já ter se passado quase um ano do infeliz acidente que traumatizou meu filho deixando-o sem falar até hoje e ter me levado ao fim do poço, ainda tem pessoas que viram a cara ao me vê. Não foi fácil voltar a trabalhar nos hospitais, pois, estava "queimado" por Beckemam. Ele nunca deixa de fazer o que promete. Desculpa se a estou chateando com esse assunto.

— Não, não estou chateada com você. Só lamento que alguém como o Beckemam tenha provocado tanto transtorno na sua vida. O que você sente em relação a ele? — realmente ela queria saber o que ele pensava de Beckemam e o que pensaria se soubesse que era seu pai?

— Beckemam era como um pai para mim e quando ele me envolveu naquela enrascada fiquei muito decepcionado e com muita raiva que seria capaz de mata-lo se ele aparecesse na minha frente — falou transtornado com as lembranças que vinha na sua mente. Desculpe Karen, hoje ainda tenho muita mágoa e não sei qual seria minha reação.

— Eu é que peço desculpas pelas lembranças que provoquei com o assunto.

Karen ficou triste e sem coragem de saber qual a reação dele quanto ela ser filha de Beckemam.

— A noite está muito bonita, o vinho uma delícia e você maravilhosa, não vamos estragar a noite com esse assunto, certo?

— Certo! Conte mais sobre a proposta para trabalhar no Royal.

— Gostaria de fazer o pedido Sr.? — perguntou o garçom.

— Hum... deixe-me ver... Karen, aqui tem um camarão empanado recheado com catupiri ao molho da casa que é uma delícia, mas se preferir outra coisa?

— Para mim. Está ótimo.

— Ok! Traga para dois.

— Um excelente pedido Sr. Não irá demora, com licença.

— Bem, voltando ao Hospital Royal, Edgar que é o diretor me encontrou um dia no Instituto de Neurocirurgia da Universidade dando uma aula de microcirurgia a pedido de um grande amigo que trabalha no Royal e por coincidência, Edgar estava lá para falar com ele. Assistiu à aula e no final me deu os parabéns e pediu para conversarmos um pouco — falou Guilherme com tom orgulhoso. Fez a proposta de trabalhar com exclusividade, não aceitei, pois tenho compromisso em outros hospitais e no Geral, então sugeriu que trabalhasse dois dias de plantão e cirurgias marcadas nos meus horários vagos. Claro que ele ofereceu salário de iniciante em cirurgia dizendo que aumentaria à medida que aumentasse o número de cirurgias destinadas a mim. Está querendo investir, porém, com cautela, não o culpo por isso, já que é um risco colocar alguém que causou tanto escândalo na mídia para cuidar de ricaços, ainda mais com outras opções.

— A mídia já esqueceu o episódio, aliás, já teve revista comentando do seu retorno nos hospitais e a entrevista daquele diretor comentando que você atraiu mais clientes para as neurocirurgias delicadas. Edgar o está contratando pela sua competência.

— Eu sei que sou competente, esforcei-me à vida toda para isso, mas tenho receio de ser boicotado, pois não sou bem-visto desde o acidente. Respirou fundo e continuou. Nos outros hospitais são pessoas que não tem condições de pagar fortuna por uma cirurgia e me vê como oportunidade de uma cirurgia bem sucedida paga pelo convênio ou governo, a necessidade faz com que esqueçam aquele episódio infeliz, mas mesmo nesses locais deparo com pessoas me acusando de não socorrer acidentados por não ter dinheiro e por ser pobre e comentários de que "tive o que mereci" ou "estou pagando pelo que fiz". Acho que minha necessidade de sair do buraco onde estava metido foi maior, pois, perdi o orgulho e superei os comentários.

O garçom se aproximou como pedido e serviu-lhes.

— Hum! Está ótimo – disse Karen após experimentar. E para que Guilherme voltasse ao alto astral do início cortou um pedacinho do seu e colocou-lhe na boca.

— Hum! Desse jeito está uma delícia.

Guilherme deu um sorriso que a fez corar. Passaram a falar sobre assuntos gerais como: cinema, música, casos engraçados que ocorreram no Hospital Geral. E a orquestra volta a tocar músicas românticas. Guilherme tirou-a para dançar.

Karen sentisse nervosa com aproximação dele, aquele corpo másculo a envolvendo suavemente ao ritmo da linda música romântica a fez imaginasse nas nuvens. Ele estava feliz com aquela bela mulher em seus braços, sentia seu sangue ferver estando tão próximo dela. Nunca tinha sentido algo tão forte com outra mulher, nem mesmo com Suzana.

Dançavam coladinhos música após música em silêncio, ambos imaginando o que o outro estaria sentindo e pensando naquele momento. O bip de Guilherme toca quebrando o encanto daquele momento.

— Desculpa, Karen. Deixei esse número só para alguma emergência e...

— Tudo bem. Eu entendo, também já tive que interromper assuntos particulares para atender chamados de urgência. Sou da área lembra — disse Karen tentando esconder o descontentamento. Meu celular está na mesa.

Guilherme liga para saber detalhe e foi informado que um paciente seu estava tendo convulsões podendo ser caso de cirurgia de urgência. Eles saem do restaurante direto para o Hospital Geral. Ao chegar Guilherme foi atender o paciente e Karen veste um jaleco para diminuir os olhares para o traje dela. Ela e Guilherme chegando ao hospital junto e vestidos daquele jeito provocou comentários.

— Estão saindo juntos, hem? Vocês formam um belo casal — diz uma colega de Karen.

— Não estamos saindo juntos, e sim, saímos hoje.

— E a chamada de emergência estragou sua noite com esse gato – disse fazendo um olhar malicioso. Não tem como negar que ele é um gato.

— Para com isso, Carla. Você está impossível, hoje.

— Vai ter gente com ciúmes de Guilherme quando souber. Não faça essa cara de desentendida, Jorge "arrasta uma asa" por você.

— Jorge é apenas um bom amigo.

— Não é bem o que ele queria, mas tem que se contentar com sua amizade, já que seu coração pelo visto, já tem dono.

— Você realmente está impossível hoje, disse sem querer admitir a Carla que ela tinha razão.

Carla foi chamada para atender um novo paciente e Karen ficou sozinha com seus pensamentos. Estava preocupada com a reação de Guilherme quando contasse que Beckemam é seu pai. Não podia esconder isso dele por muito tempo. Como poderá ter um relacionamento com esse problema rondando sua cabeça?

Algumas horas depois Guilherme sai do centro cirúrgico e vai até à enfermaria onde deixou Karen.

— Como foi a cirurgia? – pergunta Karen ao avista-lo.

— Tudo bem, pena que ele estragou nossa noite.

— Teremos outra noite.

— Espero que outras noites. Agora que tal aproveita o domingo de folga e ir à praia. Se você não se importar poderia leva o Felipe junto?

— Claro! Vou adorar ir à praia com vocês, porém, tenho que voltar cedo para meu plantão à noite.

— Não se preocupe também tenho plantão, só não lembro agora em que hospital – disse rindo.

Guilherme olhou em volta percebendo que os auxiliares comentavam baixinhos a respeito deles terem aparecidos juntos com traje social, então virou para Karen e disse com tom de brincadeira.

— Acho que manchei sua reputação.

— Com a fama de bom moço que você tem?

— Está dizendo que sou muito bonzinho?

— Se não estou encanada as meninas estão doidas para sair com você, e nunca teve tempo para elas, mas ninguém cogitaria chamá-lo de devagar ou tímido.

Então Guilherme passa a imitar alguém muito tímido fazendo todos rirem.

— Eu... eu não entendi... entendi, não percebi minha lentidão – brincou. Vou ser cavalheiro e levar a dama para casa.

Ele prosseguiu mudando drasticamente para um atirado.

— Eu hem! Qual é? Olhe para mim meninas estou na área e fez um sorriso de Don Juan. E abraçou as meninas, que não paravam de rir.

— Opa... essa minha dupla personalidade. Vamos Karen.

Saíram rindo.

Após deixar Karen foi descansar duas horas antes de buscar Felipe, pois, faltava pouco para amanhecer e ainda teria que convencer Suzana em deixa-lo levar o garoto à praia.

Três horas depois estava conversando com Suzana. Para sua surpresa ela concordou sem discutir que Felipe passasse o domingo com ele, mesmo não sendo seu fim de semana. Ela tinha readquirido confiança nele e com trabalho para fazer em casa não poderia dar atenção ao Felipe.

— Hoje irá conhecer a garota que lhe falei ontem, lembra? — falou ao encontrar o filho.

Felipe acenou que sim, com grande animação e olhou para a mãe com se esperasse uma confirmação.

— Tudo bem, filho. Divirta-se — disse com uma ponta de ciúmes.

— E o arquiteto? — pergunta Guilherme curioso.

— Está viajando em congresso. Retorna na quarta-feira.

— Tem certeza que não se importa em ficar sozinha?

— Tenho. O trabalho irá ocupar meu dia. Beijou Felipe e lhe entregou uma mochila com lanche.

— Thau, Suzana.

— Thau.

No apartamento, Karen dá mais uma olhada no seu visual com aquele biquíni vermelho realçando seu corpo moreno. Colocou um short jeans e camiseta branca. Estava terminando de arrumar a bolsa de praia com bronzeador, toalhas, lanche para o Felipe que provavelmente já estaria levando, pois, a mãe não esqueceria. Tomara que ela não tenha proibido a ida do garoto a praia, pensou o quanto Guilherme ficaria triste se isso ocorresse. Ao ouvi a buzina desceu.

Ao ver Guilherme segurando a porta do carro e Felipe no banco detrás com um largo sorriso o cumprimentou ao entrar.

— Olá, garotão. Seu pai já tinha dito o quanto é bonito, mas você conseguiu superar as minhas expectativas, pois, é um lindo garoto.

Felipe sorriu, escreveu algo em um bloco e entregou a ela. Então Karen leu em voz alta enquanto Guilherme dirigia.

— "Meu pai também falou que você é linda e que não era para eu paquerar a garota dele."

— Ele disse isso foi? Olhou para Guilherme que fingia está envergonhado.

— Não era para conta isso a ela. Era nosso segredo.

— "Você é muito bonita, meu pai é bobo se não te paquerar." — Karen lê novamente a anotação de Felipe e fala devolvendo novamente o bloco.

— Você não se incomodará, não é?

— "Não, porque minha mãe está namorando e ele está sozinho." – ler Karen.

— Hei. Por que não está lendo em voz alta? Quero saber o que estão conversando a meu respeito.

— Um segredinho nosso.

— Isso não vale, eu sou muito curioso. Olhou para Felipe e vendo que estava com sono mandou que deitasse um pouco até que chegasse à praia, pois, ficava distante da cidade.

— Karen, você também está com sono durma um pouco.

— Não, Guilherme. É melhor conversarmos para espantar o sono, pois você também não dormiu quase nada.

— Não se preocupe que estou acostumado às poucas horas de sono.

Ao chegar Guilherme foi pegar as cadeiras de praia e sombreiro enquanto Karen acordava Felipe.

— Essa praia é linda — fala Karen enquanto Felipe puxa o pai em direção ao mar.

— Hei, tenha calma, garoto. Vamos nos sentar, passar bronzeador para depois pensarmos na água, certo?

Vendo Karen naquele biquíni vermelho realçando um corpo perfeito não conseguia desviar os olhos dela passando bronzeador em Felipe.

— Agora é minha vez. Passa em mim e eu em você, certo? Felipe fique naquela piscininha ali em frente e não se afaste, certo?

O menino correu em direção a piscina natural feita pelos bancos de areia. Era uma praia quase deserta com algumas piscinas naturais devido aos arrecifes mais afastados contendo as ondas.

Quando Guilherme tirou a camisa exibindo seu corpo atlético Karen sorriu satisfeita em percorrer suas mãos passando bronzeador naqueles músculos das costas, tórax, braços, coxas...

— Você está se divertindo — disse fazendo a corar. Mas agora é minha vez. Pegou o bronzeador e começou a percorrer cada curva daquele belo corpo fazendo-a arrepiar e quando não resistiu mais a beijou ardentemente e foi correspondido. Quando Guilherme começou a percorrer suas mãos naquele belo corpo de forma mais insistente ela o afastou e disse:

— Não! Estamos com Felipe. Olharam para o garoto se divertindo na água. Então ele afastou-se ainda ofegante e disse:

— Preciso de um banho frio e ocorreu em direção ao filho.

O coração de Karen estava disparado. Ele conseguiu deixa-la muito perturbada, se Felipe não tivesse presente não resistiria a tal sentimento. Enquanto se acalmava olhava os dois brincando na água. Felipe fez sinal e juntou-se a eles.

Eles brincaram na água, lancharam, passearam pela areia. Ao retornar Felipe dormia no banco detrás, mas não conseguiram tocar no assunto e Karen fingiu que dormia. Guilherme deixou Felipe em casa e depois a Karen.

— Está entregue. Agora descanse um pouco para renovar suas forças para o plantão mais tarde e eu farei o mesmo.

— Obrigado pelo passeio, e gostei muito do Felipe — beijou-lhe a face e entrou.

— Thau!

Enquanto chegava no Hospital Royal Guilherme lembrava da proposta de Edgar para ele unisse ao grupo de cirurgiões do hospital, já que surgiu a vaga de Rodrigues que há um mês foi chefiar o grupo do Hospital Imperial. Que ironia, Rodrigues no Imperial e ele indo aceita a proposta para trabalhar com seu antigo concorrente, ou melhor grande rival de Beckemam. Sabia que haveria resistência de outros cirurgiões do hospital e dos pacientes, que não será fácil sua adaptação, mas irá conquistar de volta seu lugar entre os mais procurados neurocirurgiões do Estado. Dirigiu-se a recepção e o encaminharam ao escritório de Edgar, onde foi muito bem recebido.

— Dr. aguarde só um minuto que o Sr. Edgar irá o atender. Aceita um café ou água.

— Não, obrigado.

— Pode entrar.

— Guilherme, diga que veio com excelente notícia. Irá aceita a minha proposta?

Edgar ofereceu um excelente salário para um cirurgião que estivesse começando em um hospital de alto padrão como o Royal, mas não se comparava com os bons tempos no Hospital Imperial. Claro que para ele estava ótimo, pois irá reiniciar sua carreira e ainda voltará ao alto padrão de vida que tinha antes.

— Eu não tinha como recusar sua proposta generosa, em relação ao pouco que poderei oferecer no momento. Está ciente que haverá resistência por parte dos pacientes devido ao caos que houve na minha vida este ano.

— Não se preocupe. Estou ciente que você já tem conseguido aumentar os lucros de vários hospitais por aí. E o que ocorreu já foi esquecido. Se não achasse que você conseguiria recuperar a sua antiga clientela não faria tal proposta.

— Se for assim, quando poderei começar?

— Agora mesmo, se estiver bem para você? Mostrarei as instalações, seus colegas e as marcações dos primeiros pacientes. E pense na possibilidade de trabalhar mais dias do que o combinado.

— Sim, posso começar agora. Quanto ao aumento de dias, com já disse tenho compromisso com outros hospitais.

— Vai continuar trabalhando de voluntário?

— No Hospital Geral e outros do gênero continuo como voluntário. Já em hospitais particulares estou recebendo uma percentagem nas cirurgias.

— Quero que saiba que sempre o admirei pela sua competência e como eu esperava, você deu a volta por cima. Me acompanhe que irei apresentar a equipe.

Guilherme passou a conhecer melhor aquele hospital e sua equipe de profissionais. Muitos ali eram ambiciosos como os do Imperial, mas teve de admitir que eram muitos mais atenciosos com os pacientes. E sabia que parte das atitudes de todos ali era influência direta de Edgar. Com o tempo foi percebendo também que Edgar deixava tudo correr muito solto e com isso alguns funcionários e médicos estavam mal-acostumados sem obedecer a horários e prioridades. Era com uma família com um pai bonzinho, Guilherme acha graça da comparação que fizera. Aos poucos ele tentava influenciar aqueles profissionais a terem mais comprometimento, mas não tinha autoridade para interferir no funcionamento do hospital.

Guilherme teve a oportunidade de conhecer também um filho de Edgar, médico clínico que ficava na emergência do hospital. Era um sujeito estranho que vivia de mau humor e não aceitara bem a vinda dele ao hospital. Guilherme não gostava de como ele o olhava, pois parecia que tinha raiva dele. Já na frente do pai era um doce; não que ele fosse falso com Edgar quanto a sua admiração de filho, o que deu para perceber é que ele encoberta o seu verdadeiro eu na frente do pai.

Um dia Guilherme ouviu parte de uma discussão de Edgar com o filho:

— Eu sempre lhe falei do excesso de confiança que dava ao Rodrigues. O valorizava demais e o que recebeu foi ingratidão. Ele o traiu indo trabalhar com Beckemam. E agora está caindo no mesmo erro aumentando a influência desse Guilherme aqui. O que lhe garante que ele também não irá abandoná-lo quando conseguir recuperar a fama de antes?

— Eu não culpo Rodrigues de ir para o Imperial, pois ele nunca escondeu o quanto era ambicioso e seu interesse em trabalhar lá. A culpa é do Beckemam que sempre quis me derrubar – falou irritado. Depois que perdeu Guilherme não sossegou enquanto não tirou o Rodrigues. Ordinário! Quanto ao Guilherme acho que irá contribuir de forma positiva para o crescimento dos nossos negócios como já lhe falei. E não importa a sua atitude no futuro e sim agora no presente.

Guilherme aproveita o intervalo da conversa e faz um pequeno barulho como se estivesse se aproximando da sala naquele instante.

— É você Guilherme, entre – fala Edgar.

Assim que Guilherme entra Diogo beijou a testa do pai e saiu sem dirigir o olhar a Guilherme.

- Guilherme, eu soube que você foi responsável pela mudança de comportamento de algumas pessoas aqui. E ajudou ao Cosme no problema da escala dos plantões noturnos.

— De maneira nenhuma eu quis me meter na sua administração ou na dele, apenas dei algumas sugestões.

— Não precisa se justificar, pois sua interferência foi benéfica. Eu não tenho tempo para resolver alguns assuntos e Cosme não estava se saindo muito bem antes da sua sugestão. Sabia que Beckemam tinha um grande aliado para administrar aquele hospital.

— Era sobre isso que queria fala comigo? – pergunta Guilherme.

— Não era apenas isso, mas também mostrar o quanto aumentou nossos lucros com suas cirurgias e o aumento a sua procura. Como havia falado sua competência supera as fofocas e o escândalo fora esquecido.

— Sou-lhe grato à oportunidade que me deu. Agora é melhor ir trabalhar – saiu da sala, satisfeito.

13º Capítulo

O detetive Cobra encarregado do caso de Guilherme tenta convencer seu chefe em deixar mais tempo os detetives experientes acompanhando Guilherme nos turnos da manhã e à noite, na espera de alguma reação do homem que sabotou o carro, agrediu e ameaçou Guilherme. Mas já se passaram meses e nem um sinal do sujeito.

— Não adianta. Carter e Falcão pegaram outro caso e você poderá trabalhar com os dois novatos, por pouco tempo.

— A chance de pegar o mandante da tentativa de assassinar Dr. Guilherme é pegando este sujeito – Cobra aponta para o retrato falado feito por Guilherme. Uma das vezes em que Carter e Falcão seguiam o doutor, viram o sujeito o vigiando na entrada do hospital, porém logo depois o perderam de vista.

— Isso já tem quase um mês e o sujeito não foi mais avistado. Você descartou a possibilidade do Dr. Guilherme está mentindo e ser o responsável pelo acidente da esposa e filho?

— Não descartei nenhum dos suspeitos, mas acredito que o doutor é a vítima dessa história toda. Tenho suspeitos bem interessantes, mas ainda sem provas.

— Certo. Você terá mais um mês para trazer alguma evidencia ou o colocarei em outro caso e aí só ficaram os novatos.

— Tudo bem. Depois voltamos a conversar chefe.

Cobra se dirigiu aos novatos com tom impaciente explicou todo o caso e o que esperava deles. Carter aproveitou para comentar que Guilherme só pensa em trabalho e quando não está trabalhando vai para casa dormir. À noite que saiu com uma linda doutora não voltou para casa nem para o apartamento dela e sim para o hospital.

— Este cara é uma figura. Ele passou o resto da noite no hospital.

— E o dia na praia com a garota e o filho – diz Cobra completando o comentário. Agora irei substituir Falcão. Você vem comigo – apontar para um novato.

Depois de alguns dias Cobra está seguindo Guilherme quando de repente o vê aumentando a velocidade em perseguição a um BMW preto cujo dono era Dr. Charles Beckemam. Será que ele estaria perseguindo-o com intenção de vingança?

— Não perca ele de vista – disse Cobra ao seu parceiro.

Guilherme tinha avistado Beckemam sendo perseguido por um Sedan azul velho e reconheceu o carona como um dos sujeitos que o agrediu no dia em que reconheceu o sabotador de seu carro. E ele estava armado apontando para o BMW de Beckemam. Se eles conseguissem emparelhar os carros o matariam. Precisava impedir, mas Felipe estava com ele e em estado de choque, provavelmente devido à alta velocidade em que ia.

— Felipe não tenha medo, pois ficará tudo bem conosco. Sem a nossa ajuda Beckemam estará em apuros — disse para acalmar o garoto enquanto se aproximava do BMW.

O sedan azul emparelhou com Beckemam e quando ia atirar Guilherme bateu no fundo do BMW fazendo com que o tiro atingisse a janela de trás. Beckemam acelerou aumentando a distância entre eles. E ao ouvi Felipe gritar "pai" o abaixou evitando que à bala lhe atingisse. A bala atravessou o para-brisa passando de raspão na parte superior do banco de Felipe, saindo pelo vidro traseiro. Com o susto reduziu a velocidade. Enquanto o garoto tremia deitado em seu colo.

Cobra passou por Guilherme perseguindo o Sedan azul e enviou mensagem pelo rádio para ser bloqueado o final da estrada e todos os desvios possíveis colocarem viaturas de prontidão. Ao se recuperar Guilherme acelerou seu carro tentando alcançar o Sedan antes que ele emparelhasse novamente ao BMW.

Beckemam estava tenso por não conseguir se livrar do carro que o perseguia. Quando o carro emparelhou com o seu, só viu o sujeito com um sorriso sinistro apontar o revólver e atirar. Cobra abriu fogo contra o Sedan, mas Beckemam já tinha sido atingido e desgovernado atingiu dois carros antes de parar. Guilherme para e corre em socorro a Beckemam.

— Já solicitei uma ambulância — grita Cobra para Guilherme sem para a perseguição ao Sedan.

Ao aproximasse do carro verificou que atingiram a cabeça de Beckemam e ele estava inconsciente perdendo muito sangue. Precisava de cirurgia com urgência. O hospital mais próximo era o Geral e mesmo assim a distância podia ser prejudicial ao quadro dele. A ambulância chegou Guilherme coloca Felipe no banco da frente e entra junto com Beckemam.

Enquanto isso, na perseguição Cobra força o desvio do Sedan azul para pista secundaria onde ao final estava um bloqueio. Encurralados uns dos homens, sai do carro atirando e é baleado. Os policiais abrem fogo contra o carro atingindo também o outro homem.

— Não atirem! Eu os quero vivos – grita Cobra.

Ao chegar no hospital todos já estavam de prontidão devido ao telefonema que Guilherme fez durante o percurso, só não sabiam que o paciente era nada menos que o todo- poderoso do Hospital Imperial.

Felipe foi assistido pelo médico de plantão e já estava mais relaxado de todo aquele drama que presenciou.

Depois de algumas horas chega Suzana desesperada a procura de Felipe, pois o ocorrido já estava sendo noticiado nas principais emissoras de TV. Informações tiradas dos policiais e funcionários do hospital.

— Felipe, Felipe...

— Calma, Sra... ele está bem no conforto médico.

— Como Guilherme pode participar dessa perseguição estando com Felipe no carro – falou indignada com voz tremula.

— Deixe dar-lhe um calmante antes de leva-la ao garoto – fala a auxiliar.

— Não! Quero ver meu filho agora.

— A Sra. entrando lá nesse estado o deixará tenso. E ele já passou por muita tensão, certo?

— Ele está realmente bem?

— Não se preocupe ele está bem. Venha.

— Certo.

Karen chega ao Hospital e vê muitos reportes na entrada principal entrevistando funcionários. Então entra pela lateral preocupada.

— O que está acontecendo aqui? – pergunta Karen meio tensa a alguns auxiliares e enfermeiras reunidos no posto em volta da TV.

— Karen? Você ainda não sabe? Sente-se um pouco e tome isso.

— Porque você quer que eu tome calmante e o que é que ainda não sei? Hei, estão falando de meu pai na TV. Saiam da frente – falou se aproximando da televisão.

— "Aguardamos aqui em frente ao Hospital Geral notícia sobre a longa cirurgia que está sendo submetido o Sr. Charles Beckemam presidente do Hospital Imperial depois do tiro que recebeu durante uma perseguição fantástica envolvendo um sedan azul, a polícia e o carro de Dr. Guilherme Franco que agora o está operando a mais de quatro horas – comenta o repórter".

Karen cai para trás sentando-se em uma cadeira que colocaram próxima a ela. Não conseguia acreditar no que estava acontecendo. Sentia-se em estado de choque.

— "O Dr. Guilherme é... isso mesmo telespectador, aquele médico envolvido no escândalo do Hospital Imperial no ano passado, que negou socorro e Sr. Charles

Beckemam que o tinha demitido, agora está em suas mãos... Dr. Guilherme antes do escândalo era considerado um dos melhores neurocirurgiões do Estado... essa será sua oportunidade de mostrar que ainda é o melhor?...."

Karen recuperando-se um pouco do susto olhou para todos e pergunta: - Como está meu pai e, porque Guilherme o está operando?

— Ele foi perseguido por bandidos e levou um tiro e Dr. Guilherme o socorreu.

— Isso eu ouvi no noticiário. Onde foi o tiro? Ela perguntou, mas temia a resposta.

— Foi na cabeça e o Dr. é o melhor para essa cirurgia... ele ficará bem.

— Ah não... não pode... isso não pode, está acontecendo – disse desesperada sem conseguir se controlar.

— Sente-se Karen. – diz Jorge, médico plantonista, com Suzana e Felipe já calmos. Pega um calmante e o aplica antes que ela proteste.

Karen fica calada sem reação apenas olhava para Suzana e Felipe.

— Só podemos esperar e rezar. Você sabe como essas cirurgias são demoradas. Ele está em excelentes mãos. Acalme-se e seja forte.

Karen sempre teve mede da reação de Guilherme quando reencontrasse Beckemam, do ressentimento por tudo que passou por culpa dele, seu pai. E agora ele estava tentando salvar o homem que foi um grande responsável pelo sofrimento ocorrido durante aquele último ano.

Realmente Guilherme era uma pessoa especial e ela o amava muito. No entanto, ele não sabia que ela o enganará esse tempo todo não contando que Beckemam é seu pai e agora não tinha como esconder. Os noticiários falavam do assunto, sobre ela ser a filha de um homem poderoso trabalhando no Hospital Geral. Suzana e Felipe já estavam sabendo, todos sabiam menos Guilherme. Ele não irá a perdoar e isso a fazia sentisse péssima.

As horas estavam passando e nada de notícia sobre a cirurgia. Voltou a ficar tensa e preocupada. Percebendo que ela estava triste Felipe se aproximou e falou:

— Não se preocupe que meu pai vai cura ele — disse forçando um pouco a voz.

Karen o abraçou e disse emocionada.

— Você está falando? Guilherme ficará muito feliz ao ouvi falando tão bem. Olhou para Suzana e a viu chorando emocionada. Ao saltar o garoto ele correu e abraçou a mãe.

— Não chore, não, mãe. Quero que fique alegre... eu estou falando.

— Estou muito feliz, filho, por isso estou chorando de alegria — Suzana fala abraçando-o com carinho quase perdoando Guilherme por colocar seu filho em um risco tão grande.

Nesse momento vem Guilherme com fisionomia cansada e abatida. Felipe corre ao seu encontro gritando: - pai, pai... pai.

Guilherme ajoelhasse abraçando-o e chorando.

— Oh! Filho! Você está falando realmente ... — soluçava. Pensei que tinha imaginado durante a perseguição — o beijava e abraçava.

— Está chorando de alegria papai?

— É isso mesmo, filho. Por estar aqui te abraçando e podendo conversar com você.

— Você já viu seu pai, agora vamos para casa, pois, precisa descansar e seu pai continuar a trabalhar — fala Suzana depois de alguns minutos.

Karen ficou agradecida a Suzana pela interrupção. Estava emocionada com a cena entre Guilherme e o filho, mas ansiava por notícias de Beckemam.

Guilherme levantando-se foi até Karen e abraçando-a disse: - a cirurgia foi um sucesso. Como toda neurocirurgia são necessários os devidos cuidados para evitar complicações. Ele ficará bem e voltará a ser o mesmo Beckemam de sempre — disse com tom de brincadeira. Sentindo o corpo de Karen tremulo a olhou intrigado. Percebeu que todos olhavam para ela solidários como se quisessem transmitir consolo.

— Algum problema com você, Karen? — perguntou sem entender o que acontecia.

— Dr. Guilherme os reportes querem o entrevistar.

— Vá falar com eles depois conversamos — disse Karen tentando adiar a conversa.

Já na recepção os reportes aguardam notícias da cirurgia. Guilherme fala com os reportes e Karen assiste pela TV com os outros na enfermagem.

— A cirurgia do Sr. Beckemam foi bem sucedida, sem intercorrências que pudesse agravar seu quadro. A bala estava alojada próxima ao lobo temporal, havia muito sangue que levou tempo para drenar, mas conseguimos conter a pressão intracraniana.

— O quadro dele é grave? – pergunta um dos reportes.

— O quadro é estável, mas requer cuidados principalmente nas primeiras 72 horas para evitar complicações. É um procedimento normal na neurocirurgia.

— Como se sente em salvar a vida do homem que o demitiu quando passava por momentos difíceis, devido à culpa dele segundo entrevista do Sr. na época.

— Eu não quero voltar a falar neste assunto. Foram momentos difíceis que enterrei e prefiro que continuem enterrados. Quando ao Sr. Beckemam ao vê-lo em apuros eu não podia simplesmente ignorar por ressentimento, ou seja, lá o que vocês imaginam que eu sinta. Tentei impedir que o matassem, mas infelizmente conseguiram atirar nele.

— O que importa é que o Sr. o salvou. A Dra. Karen deve estar muito grata.

— O que disse?

— A filha do Sr. Charles Beckemam, sua colega Dra. Karen Beckemam deve estar muito grata por ter salvado a vida do seu pai. Sabe-se que vocês são bons amigos, não é verdade? – o repórter faz a pergunta de forma maliciosa.

— Acabou a entrevista. Agora vou descansar, pois, foi uma cirurgia muito longa e cansativa. Obrigado Srs.

Guilherme sai sem dá oportunidade para mais nenhuma pergunta. Karen estava tensa com a entrevista e com a última pergunta entrou em pânico. Não sabia como encarar Guilherme. Ele passou pelo posto de enfermagem olhou para ela e sem dizer nenhuma palavra seguiu em frente para o descanso médico. Com o corpo tremulo, ela tentava conter as lagrimas. Sua amiga Carla a abraçou e disse: - Karen, você também precisa descansar dessas horas de grande tensão esperando notícias do seu pai. Dr. Jorge vou tirar o resto do dia de folga e acompanhar Karen para casa.

— Certo. Faça isso, cuide dela, nós cuidaremos de tudo aqui. Karen procure descansar para enfrentar o que vem depois. A recuperação de seu pai será lenta por isso deve se fortalecer para ajuda-lo quando acordar.

Já no carro, não consegue segurar as lagrimas chorando aos soluços sem nenhum controle. Chegando no apartamento, Carla a ajuda levando até o sofá.

— Ele não sabia que Sr. Beckemam é seu pai, não é isso?

— Ele não vai me perdoar – falou Karen aos soluços.

— Irá perdoar sim. Vocês foram feitos um para o outro. É só uma questão de tempo. Fique aqui enquanto faço um chá para você tomar com um calmante. Depois de dormir um pouco irá, sentisse melhor.

14º Capítulo

No Hospital Royal todos comentavam, pelos corredores, da perseguição fantástica em que Guilherme se tornou herói por salvar Beckemam. Com passos largos, Diogo passa pelos postos de enfermagem irritado em direção ao escritório do pai. Encontrou Edgar assistindo a reprise do noticiário sobre Beckemam e a entrevista do Guilherme. Ele estava aborrecido resmungando palavrões junto ao nome de Beckemam.

— Veja só como o infame tem sorte. Foi salvo e operado por Guilherme, e o nome do Hospital Imperial e dele não sai dos noticiários.

— O seu protegido cancelou duas cirurgias e desde ontem não aparece aqui, isso já é abuso.

— Ora, filho, deixe de implicar com Guilherme. Ontem ele teve um dia estressante salvando o traste do Beckemam. E pelo que fui informado o heroísmo dele já nos está proporcionando um aumento significativo nas marcações das cirurgias e internamentos. E isso é bom, muito bom.

— Minutos atrás estava dando para ouvir do lado de fora você xingando Beckemam por ter sido salvo pelo Guilherme e agora fala das vantagens que teve com isso.

— Filho, eu não gosto de Beckemam e nunca escondi isso e estou odiando ouvir o tempo todo o nome dele e do Hospital Imperial nos noticiários, mas temos de admitir as vantagens ocorridas com essa história de salvamento. Ninguém mais fala mal de Guilherme, muito pelo contrário.

— Certo. Eu vim avisar que sairei por algumas horas.

— Até mais tarde, filho.

No Hospital Imperial o comentário geral é sobre o heroísmo de Guilherme e por Beckemam está internado no Hospital Geral.

No conforto médico Dr. David e Dr. Rodrigues conversavam sobre os últimos acontecimentos.

— Ele tinha que ter trazido Beckemam para ser operado aqui e não o levar para o Hospital Geral – falou Rodrigues com irritação.

— O Hospital Geral era o mais próximo, além do mais ele opera lá – disse David tentando o acalmar.

— O Hospital Royal também era próximo e ele opera lá e mesmo assim para afrontar o levou ao Geral.

— Guilherme não agiria com intenção de provocar ninguém. Sua intenção era apenas salvar Beckemam.

— Você está falando isso por ser amigo dele. Ele não perdoa Beckemam por tê-lo demitido e me contratado.

— É, Guilherme é um grande amigo, mas falo isso porque o conheço bem. Pode ser que agora ele haja com mágoa e ressentimento, mas não na hora da decisão de leva-lo ao Hospital Geral para o operar e salvar-lhe a vida.

— Vamos ver as verdadeiras intenções de seu amiguinho quando eu for providenciar a transferência de Beckemam, ainda hoje.

— É melhor ir com calma – falou David antes de Rodrigues sair, pois sabia que se ele agisse de forma autoritária não terá cooperação de Guilherme.

No Hospital Geral:

— Como Beckemam passou à noite? — pergunta Guilherme a enfermeira de plantão.

— Sem alteração no quadro Dr.

— Ok! Vamos fazer alguns exames.

— Dr., o paciente do leito 5 está tendo convulsões — informa uma auxiliar fazendo-o correr para socorrer o paciente.

Rodrigues chega no hospital perguntando por Guilherme e é avisado que ele está atendendo um paciente que está tendo convulsões na UTI. Então Rodrigues sai em direção a UTI pensando ser Beckemam o paciente da emergência. Ao chegar, encontra Guilherme tentando estabilizar um paciente e vê Beckemam numa área separada. Aproximasse para o observar de perto. Pega o prontuário. Pelas informações descritas a cirurgia foi muito delicada mostrando que Guilherme esforçou-se para que Beckemam sobrevivesse.

— O que faz aqui, Rodrigues?

— Quero o transferir para o Hospital Imperial onde terá um melhor acompanhamento e conforto.

— Se você leu as informações no prontuário sabe que ele não pode ser removido. E ele está tendo o conforto e toda a atenção de que necessita — falou Guilherme tentando manter a calma.

— Você "enfeitou" bastante o prontuário dele...

— Não admito que insinue tal coisa a meu respeito. Você sabe que não faria isso.

— Como ele está se mantendo estável poderá ser transferido e temos uma ambulância especial para isso, você sabe.

— Ele não sairá enquanto não autorizar...

— Não depende de você e sim da Karen. Irei falar com ela – falou virando-se para sair, mas foi impedido por Guilherme que lhe segurou o braço.

— Você está sendo irracional.

— Larga meu braço – falou irritado virando-se para Guilherme.

— O que vocês pensam que estão fazendo discutindo aqui na UTI? – diz Karen desviando o olhar para o pai no leito e depois fixando o olhar neles.

Guilherme largou o braço de Rodrigues e olhou para Karen. Rodrigues aproximou-se dela dizendo:

— Vim para transferi-lo para o Hospital Imperial onde terá mais conforto e atenção, só que ele não quer autorizar. Você sabe que seu pai não iria querer ficar aqui em hipótese alguma. Se não tivesse em coma induzido já teria exigido a sua transferência.

— Eu sei da opinião de meu pai a respeito do Hospital Geral – falou olhando para Guilherme que permanecia inalterado. Mas se Guilherme acha que ele não pode ser transferido tem meu apoio, pois, tenho confiança nele.

— Você não enxerga que ele quer vingasse de seu pai mantendo-o aqui para o humilhar.

— Jaime! Vejo que se contaminou com a convivência com meu pai. Você acha que ficar aqui é se humilhar?

— Não é o que eu acho, e sim o que Beckemam acha. Por que Guilherme fez questão de traze-lo aqui e o operar?

Para que ele ficasse em suas mãos e dependesse dele para sair – falou olhando para Guilherme que até o momento só ouvia.

— Guilherme salvou a vida dele.

— Com licença – fala Guilherme fazendo com que olhassem para ele. Eu não tenho que justificar minhas atitudes a ninguém, mas vou esclarecer algo. Quando escolhi o Hospital Geral para operar Beckemam foi por ser o mais próximo devido à gravidade do quadro. Se o levasse ao Royal teria problemas com ele e também com Edgar, pois, não se toleram. E quando se é médico e está com um caso que pode resolver e salvar o paciente procura resolve-lo e não passar para outro cirurgião. Você não faria isso Rodrigues? Tentaria salvar o paciente em um hospital próximo ou o levaria a um mais distante arriscando-lhe a vida por ele ser dono do hospital e não tolerar hospital público? Não responda ainda. Por favor me acompanhem até o conforto médico, pois quero mostrar algo que talvez o faça entender que Beckemam precisa fica aqui.

Guilherme olhou para a enfermeira que assistiu a discussão e disse para chamar se houver alguma emergência. Karen e Rodrigues o acompanharam até o descanso onde Guilherme pegou um disco no seu armário e colocou no DVD.

— Eu gravei toda a cirurgia em vídeo por que caso houvesse alguma intercorrência durante a cirurgia e me acusassem de algo, a gravação mostraria o que realmente ocorreu. Se eu fosse vingativo deixaria que os bandidos cuidassem de Beckemam e não arriscaria a vida de meu filho para salvar ele. Por favor assistam ao vídeo – falou apertando o play e ficando um pouco afastado para os observar enquanto assistiam.

Karen olhava ao vídeo com tensão e emocionada. Guilherme entregou-lhe um copo d'água e se afastou. Rodrigues assistia prestando atenção a todos os detalhes.

Guilherme vendo Karen tão frágil ali na sua frente sentiu vontade de conforta-la com um longo abraço, mas se conteve. Quantas vezes Beckemam comentou sobre a filha que estudou nas melhores escolas do país e da Europa podendo ter uma excelente carreira no Hospital Imperial, mas para aborrece-lo preferiu trabalhar em hospital público. Na época pensava na grande personalidade daquela garota, mas com desperdício de talento e oportunidade. Se ele não fosse casado Beckemam faria de tudo para os aproximar com intenção dele convence-la em ir trabalhar com eles no Imperial. Como não percebeu que Karen era a filha que Beckemam tanto falará? Ela é uma mulher de fibra, competente, de classe e muito carinhosa com seus pacientes. Com a raiva que esteve sentindo esse tempo todo não podia associar uma pessoa com a Karen a um sujeito tão... tão... com Beckemam.

A ironia é ele ter se espelhado, tanto anos a um sujeito deste e ter que passar por tanto sofrimento para enxergar o quando estava errado o rumo dado a sua vida. Pode-se ser competente, famoso, rico sendo também solidário com pessoas que não tem como recompensa-lo financeiramente, mas que são ricos em sentimentos, solidariedade e humildade; pessoas que merecem respeito. Atendeu a tantos ricos que só enxergavam a si próprios pagando um absurdo por uma gaze ou algodão, que não se importam em desempregar um enfermeiro ou auxiliar por algum motivo fútil. Por que as pessoas são tão fracas a ponto de serem controladas pelo poder, fama e aparência e não enxergarem mais nada fora deste seu mundo.

Guilherme foi interrompido das suas divagações pelo telefone. Saiu para atender outra emergência deixando Karen e Rodrigues assistindo o vídeo que ainda estava na metade. Ao chegar na UTI viu que o paciente do leito 3 voltou a complicar e terá de operar para tentar salva-lhe a vida. Não será nada fácil.

Depois que o vídeo terminou Rodrigues se dirigi a Karen, que estava chorando e disse:

— Seu pai realmente não pode ser transferido por enquanto. Guilherme fez um bom trabalho.

— Como será a recuperação dele? Ficará com sequelas?

— Prefiro que pergunte a Guilherme. Ele explicará tudo. Seu pai está bem e sempre que possível venho vê-lo. Se precisar me ligue que te encontrarei. Beijou-a e saiu.

Karen estava triste pelo pai e sua situação com Guilherme. Não pode mais adiar a conversa com ele. Ao chegar na UTI soube que estava em cirurgia com paciente de estado grave e o familiar o aguardava ansioso. Teria de adiar a conversa e ficou ainda mais tensa.

No outro dia Karen passa seu plantão para Jorge e ao perguntar por Guilherme fica sabendo que foi a outro hospital, então só o encontrará no plantão da noite. Ao passar pela enfermaria onde estava o bandido baleado após a perseguição a Beckemam viu um guarda de vigia na porta e um homem saindo que ao vê-la andou em sua direção.

— Bom dia. A Srta. é a Dra. Karen, certo?

— Sou.

— Eu sou o detetive Cobra. Investigo o acidente da família de Dr. Guilherme Franco e agora a tentativa de homicídio de seu pai. Como ele está?

— Ele está em coma. Qual a ligação dos dois acidentes? Por que alguém iria querer matar meu pai?

— Estamos investigando. Dr. Guilherme reconheceu o sujeito como o provável sabotador do seu carro e responsável pela agressão a ele alguns meses atrás. Seu pai tem algum inimigo, Srta.?

— Inimigo? Não que eu saiba. Ele deve aborrecer seus concorrentes, mas não a ponto de alguém querer mata-lo. Lembrou do que Guilherme falou sobre Beckemam e Edgar não se tolerarem.

— Sabe de alguma coisa sobre o relacionamento de seu pai e Sr. Edgar, do Hospital Royal?

— Por que pergunta isso, ele é um suspeito? Foi ele quem mandou matar meu pai?

— É só uma pergunta, srta. Pode a responder, por favor.

— Eu nunca presenciei nada entre eles, mas disputam muitos os investidores e meu pai não aceitava meu namoro com Dr. Rodrigues quando ele era médico do Hospital Royal.

— Hum? A srta. namora Dr. Rodrigues?

— Não, já faz tempo que terminamos.

— O sr. conseguiu alguma informação com esse sujeito aqui.

— Ele ainda não nos contou tudo que sabe, mas contará. Breve será esclarecido tudo. Agora Srta. com licença que irei continuar com as investigações.

15º Capítulo

No Hospital Royal Edgar e o filho estão assistindo o noticiário sobre Beckemam, Guilherme e as investigações da polícia quando são interrompidos por uma auxiliar informando da presença de um policial querendo vê-los.

— Bom dia, Srs. Eu sou o detetive Cobra. Gostaria de fazer algumas perguntas sobre Sr. Charles Beckemam e Dr. Guilherme Franco.

— O que nós temos a ver com eles dois, detetive? — fala Diogo.

— Não ligue para meu filho, detetive Cobra, certo? Pode fazer as perguntas.

— Como é o relacionamento do Sr. com o Sr. Charles Beckemam?

— Não somos amigos.

— São inimigos? Alguns dos seus funcionários o ouviram xingando Sr. Charles Beckemam no dia da tentativa de homicídio e dizendo que ele deveria ter morrido.

— O que está tentando insinuar a respeito de meu pai, detetive? — fala Diogo impaciente.

— Só estou tentando esclarecer alguns pontos, Sr. Diogo.

— Detetive, eu e Beckemam não nos damos bem há muitos anos e nem por isso tentamos nos matar. A disputa é nos negócios. E sinceramente não me lembro do que disse naquele dia por causa da atenção exagerada da mídia sobre o assunto. Tem mais alguma coisa que me comprometa? O sujeito que levou o tiro acusou alguém antes de morrer?

— Ainda não.

— Ele não morreu? – perguntou Diogo supresso.

— Não. Está internado no Hospital Geral se recuperando para poder ser interrogado – falou o detetive observando a reação dos dois. E continuou.

— Desculpe incomoda-los, Srs. É que preciso investigar todos os fatos. Só mais uma pergunta, Dr. Guilherme incomodava muito quando trabalhava no Hospital Imperial?

— Se não gostasse de Guilherme ele não estaria trabalhando conosco.

— Certo, obrigado pela atenção, Srs. – detetive Cobra se despedi mesmo sem a resposta à sua pergunta.

Já na recepção o detetive pergunta por Guilherme e é informado que ele, já havia passado cedo para prescrever os pacientes, foi a outros hospitais e que a tarde ficará em casa descansando para o plantão da noite no Hospital Geral.

No início da noite no Hospital Geral Guilherme e Karen se encontram no conforto médico.

— Olá, Guilherme. Precisamos conversar sobre meu pai e nós – falou tentando esconder o nervosismo.

— É. Depois da cirurgia ainda não informei sobre o quadro de seu pai. Ele é estável, o próprio organismo dá um tempo para se recuperar ficando em coma e...

— Não esqueça que também sou médica. Pelo vídeo vi que a cirurgia foi delicada, o quero saber é das consequências pós-cirúrgicas. Quais as sequelas que poderá ter?

— Desculpe pela minha introdução. Já é automático começar a falar aos parentes explicando sobre o coma. Bem, a bala penetrou pela parte inferior do lobo temporal e se alojou no lobo occipital onde fica localizada a visão. Então a sequela mais provável é a perda de visão. No entanto, a cirurgia foi satisfatória e me leva a confiar que se ocorrer será uma perda de visão temporária.

Karen começou a chorar e Guilherme não quis falar mais em outras sequelas possíveis. Queria a abraçar, mas estava confuso com a história dela ser filha de Beckemam e se sentiu aliviado quando Carla veio chamá-lo para atender uma emergência e ficou fazendo companhia a Karen.

16º Capítulo

Um homem vestindo um jaleco branco e estetoscópio no pescoço aproximasse da recepção e fala com uma auxiliar.

— Boa noite. Sou Dr. Valter irei substituir Dr. Guilherme no plantão e preciso da listagem dos pacientes internados.

— Sim, Dr. nesta lista tem o nome, diagnostico e quarto dos pacientes internados. Os mais graves estão na UTI no 3º andar.

Ele olhou atentamente e observou que tinha três pacientes de ferimento à bala, e como só conhecia o sujeito por apelido terá de verificar ou três. Cada andar tinha um guarda de plantão. Entrou nos quartos próximos ao que lhe interessava para não levantar suspeita. Ao entra no primeiro o paciente de ferimento a bala era um velho demorou um pouco e saiu. O próximo tinha um guarda na porta aproximou segurando um bisturi no bolso.

— Boa noite, Dr. Eu posso ver sua autorização.

Nesse momento uma enfermeira sai do quarto fazendo-o olhar o paciente negro no leito, não era o que queria. Tira a mão do bolso e responde.

— Eu esqueci a autorização no posto, com licença vou pegar e volto mais tarde.

— Certo, Dr.

O outro paciente estava no próximo andar.

Enquanto isso, Guilherme se aproxima da recepção e a auxiliar comenta que o médico que iria o substituir no plantão havia chegado. Ele olha para o agente próximo disfarçado de enfermeiro que entende e se comunica por megafone com outros espelhados pelo hospital.

— Desculpe, Dr. fui ao banheiro e não o vi – comenta o agente. Pela descrição o guarda do 2º andar informou que ele esteve lá, mas desistiu de entrar quando lhe pediu a autorização.

— Ele deve ter suspeitado que não era aquele paciente e está indo para o 3º andar. Avise ao detetive para ficar preparado. Vou até lá.

— Não, Dr, o detetive Cobra falou que não queria ninguém no 3º andar que não fosse agente disfarçado.

— Mas tenho autorização para ir até lá e ...

— Sim o Sr. e Dra. Karen tem essa autorização, mas não nesta situação. Seria muito perigoso e poderá atrapalhar na prisão do suspeito. Não se preocupe que teremos todas as informações do que estará acontecendo aqui do térreo.

O homem entra no posto de enfermagem cumprimenta os dois auxiliares que continuaram conversando sem dá atenção a sua chegada. Pega um prontuário, vai à sala de medicamento onde pega um vidro de clorofórmio, gases, seringa com cloreto de potássio coloca no bolso. Sai do posto em direção a ala no final do corredor onde estava sua vítima. Passa por um auxiliar com uma badeja de medicação e o acompanha até um quarto próximo entrando logo atrás e com a gases, encharcada de clorofórmio o agarrar fazendo desmaiar antes que pudesse reagir. Verificou que o paciente continuava dormindo. Preparou a bandeja com a seringa de cloreto de potássio e o clorofórmio e após trocar de roupa com o auxiliar deixa-o no banheiro e sai em direção ao quarto de sua vítima.

Os agentes do posto observam que ele sai do quarto vestido de auxiliar. E após ele virar o corredor os agentes correm até o quarto encontrando o colega inconsciente no banheiro.

— Detetive Cobra, ele está indo a sua direção, vestido de auxiliar. Ele sedou Borges com clorofórmio.

— Fiquem atentos e avisem ao grupo B para bloquear o outro corredor, caso ele passe por mim.

O homem aproximasse do guarda com a bandeja em uma mão e a outra no bolso. E diz:

— Vim medicar o paciente. Antes que o guarda pudesse responder ou reagir o agarrou tapando lhe boca com o clorofórmio.

Ao entrar no quarto escuro aproximou-se da cama, acendeu o abajur, aproximou a seringa de cloreto de potássio no soro e falou acordando o bandido.

— Não grite, pois se gritar eu injeto este liquido no soro ou corto sua garganta com este bisturi. De qualquer forma você morre. O que contou à polícia?

— Eu... eu não contei nada sobe vo... ce... juro...

— Eu espero que realmente não tenha contado. Injetou a seringa no soro.

O detetive Cobra que estava escondido no canto escuro do quarto assistindo a tudo, encostou o revólver nas costas do homem e mandou que saltasse o bisturi e afastasse da cama. Então ele largar o bisturi na cama, levanta as mãos como tinha sido ordenado e tomando distância da cama em direção a pequena mesa com abajur e a bandeja de remédios pega o abajur e joga em cima do detetive e se atira em direção à outra cama. Ocorrem tiros com o quarto totalmente no escuro e depois silencio até que o homem em luta pela arma se jogou sobre o detetive.

O detetive Cobra era um homem forte, mas aquele sujeito estava com uma força e determinação anormal. Ele não conseguia o dominar. Sentiu uma dor terrível quando o bisturi rasgou seu ombro no corte profundo e longo. O homem empurra contra a parede.

Do lado de fora os agentes estão se aproximando do quarto quando Karen sai do elevador próximo e para na frente do quarto ao ser abordada por eles.

— Dra. saia imediatamente...

Antes que Karen pudesse entender o que acontecia e reagir ao que o agente lhe dizia a porta se abriu e o sujeito a agarrou encostando o bisturi em sua garganta.

— Afastem-se ou ela morre – diz o homem e sai pelo corredor a arrastando consigo.

Os agentes olham o guarda desacordado, um seguiu o sujeito e o outro entra no quarto para verificar o que tinha ocorrido com o detetive Cobra. Encontrou-o tentando levantar com a camisa encharcada de sangue. Ajudou-o contando o ocorrido.

Pelo rádio os agentes ouvem o detetive Cobra ordenando que cerquem todas as saídas do hospital e outros procurassem pelo sujeito vestido de auxiliar, que estava armado, era perigoso e tem como refém a Dra. Karen.

Guilherme que no momento estava com o agente no térreo ouve, entra em pânico, corre em direção ao elevador e quando este abre sai o detetive Cobra ajudado por um agente. Ele olha para a auxiliar e pergunta por Dr. Jorge para fazer a sutura do detetive, mas é informado que ele está atendendo uma emergência.

— Dr. Guilherme sei que sua prioridade agora não seria cuidar de mim, estando Dra. Karen em perigo, eu também gostaria de agora está atrás do sujeito, mas estou sangrando e não quero um auxiliar me costurando com a um saco de batatas. Isso aqui precisa das mãos de um cirurgião.

— Tudo bem, detetive. Vamos cuidar disso.

Guilherme procurou concentrasse na sutura. Alguns minutos depois, que para Guilherme parecia uma eternidade, já tinha imobilizado completamente o ombro e braço esquerdo do detetive.

— Dr, não acha que exagerou na imobilização, não?

— É para não abrir os pontos, já que se movimentara muito indo atrás do sujeito, mas você tem o braço direito para atirar, certo?

Saíram da sala e o agente informou ao detetive que o sujeito depois de ferir mais um agente foi para a cobertura com a refém e bloqueou a porta. No momento agente estão tentando a abri usando um maçarico.

Guilherme movimentou-se em direção ao elevador, mas foi impedido pelo agente por ordem do detetive Cobra.

— Sinto muito, Dr. mas ficará fora disso para não atrapalhar. Não se preocupe que traremos a Dra. Karen sã e salva. Falcão os atiradores de elite estão em posição? Certo, vamos.

— Você não pode fazer isso comigo detetive. Eu não posso simplesmente fica aqui parado esperando notícias.

— Dr., com todo o respeito o Sr. não é policial, e não terá utilidade nenhuma lá em cima apenas seria mais um para me preocupar. Toy fica aqui com ele e vocês venham comigo.

Guilherme estava impaciente andando de um lado para outro sendo vigiado pelo agente. Parou no posto de enfermagem e passou a olhar os prontuários e dá orientação a auxiliar e em um receituário anotou algo para a ela. Ela leu e saiu em direção a sala de curativos. Pouco depois no microfone do Hospital era solicitada a presença de Guilherme na emergência do 2º andar.

— Tenho que atender essa emergência – falou para o agente e andou para o elevador.

— Irei com o Sr. – disse o agente seguindo Guilherme.

Já na porta do elevador Guilherme entra e antes que o agente pudesse entrar o empurrou com força fazendo cair.

— Detetive Cobra o Dr. conseguiu escapar e está subindo o elevador.

— Vá atrás dele, não deixe que venha até a cobertura. Já chegou Dr. Edgar? Não? Diga ao pessoal para me avisar quando ele chegar.

Na cobertura Cobra fala com Diogo.

— Entregue-se... você não tem como fugir. Vamos salte a doutora – continua falando Cobra enquanto se aproximava aos poucos do local onde Diogo estava com Karen.

Karen mal conseguia respirar com medo do bisturi pressionado no seu pescoço. Diogo estava nervoso e já havia atingido dois agentes e levado uma bala na perna que o estava incomodando muito.

— Pare detetive, senão serei forçado a machuca-la. Quero um helicóptero.

— Tudo bem, não vou me aproximar. Mas não há a possibilidade de atender seu pedido. Sua única chance é saltar a Dra. e entregasse.

Enquanto isso, Guilherme sair de um tubo de ventilação próximo ao local onde Diogo está com Karen. Viu que ele pressionava o bisturi contra o pescoço dela e o local já sangrava. Sentiu vontade de avançar naquele sujeito, mas não podia fazer nada impensado para não prejudicar Karen. Enquanto o detetive tenta convencer Diogo a se entregar, Guilherme se aproximou de um vão mais próximo que pudesse o esconder e ao mesmo tempo seria um local mais adequado para tentar atacar Diogo no momento certo.

— Dr. Diogo, seu pai está na escada e vai se aproximar de onde estou, certo? Não atire.

— Porque o trouxe aqui detetive? Não devia ter feito isso.

— Filho, então é verdade que foi responsável pelo atentado ao Beckemam e veio aqui atrás do bandido internado. Por que fez isso, filho? — disse se aproximando.

— Você sempre foi prejudicado por Beckemam e falava que ele atrapalhava seus negócios, sua vida.   Não gostava de vê-lo irritado e infeliz. Mesmo quando tirei

Guilherme do caminho os negócios de Beckemam não se abalaram. Houve melhora no Royal, mas ele ainda conseguia investidores e lhe tirou Rodrigues. Ele precisava morrer!

— Filho, porque não falou comigo o que sentia. Eu não permitiria que fizesse essas coisas. Nunca quis violência, morte, mesmo de Beckemam – enquanto falava Edgar continuava a se aproximando do filho fazendo sinal para o detetive Cobra não interferisse.

— Salte a garota e venha comigo, ninguém vai machucar você – volta a falar Edgar.

Guilherme assistia a tudo, atento no bisturi e em Karen, que estava imóvel. Tinha medo que mesmo sem intenção, Diogo aprofundasse o bisturi no pescoço de Karen. Viu um atirador de elite mirando em Diogo.

— Pare, pai. Não se aproxime mais ou eu a mato. Diga para eles que quero sai daqui depois eu a solto.

O detetive fez sinal que não. Falou no fone com o atirador de elite que só atirasse se a refém estivesse em perigo eminente e não para matar.

— Filho, eles não irão deixa-lo sair daqui com refém. Terá de saltar a moça. Vamos solte ela e baixe a arma.

— Pare! Por favor – fala Karen nervosa quando senti o bisturi penetrando na sua pele.

Isso chamou a atenção de todos e Diogo afastou o bisturi deixando Karen um pouco mais livre e colocou a arma em sua cabeça.

Edgar em pânico gritou: - não faça isso!

Guilherme avançou sobre Diogo levantando a mão da arma evitando que o tiro o atingisse. Na luta pelo controle da arma, Diogo se desequilibrou devido à perna baleada e cai do terraço levando Guilherme consigo. Ficou pendurado com Guilherme o segurando pela cintura da calça.

Edgar e o detetive correram para os socorrer. Karen estava paralisada julgando que Guilherme havia caído, ouvindo apenas o nome de Diogo. Um agente tirou-a dali.

— Filho, segure meu braço para que possamos o puxar.

— Vamos, Diogo. Agarrasse ao braço de seu pai. Graças a você, só tenho um braço livre e não vou aquentar por muito tempo, é muito peso — fala Cobra segurando Diogo.

— Diogo eu não quero morrer — disse Guilherme.

Diogo agarra o braço do pai, olha para Guilherme e diz:

— Você salvou minha vida, não é mesmo — falou com ironia.

— Fiz isso pelo Edgar não por você — responde Guilherme.

Guilherme tinha receio de se mover e com isso aumentar o peso que Edgar e o detetive Cobra estavam suportando. Nesse momento outros agentes se aproximam. Um substitui o detetive Cobra e Falcão deita-se no chão sendo sustentado por outro agente pela cintura para tentar agarrar Guilherme.

— Dr, salte-se dele e agarre meu braço. Vamos o Sr. consegue.

Guilherme teria que impulsionar o corpo para esquerda e tentar agarrar o braço do agente. Não pensou duas vezes, fez e segurou o agente com um braço depois o outro, e os dois foram puxados. Olhou para Edgar abraçando o filho até que o agente fez sinal para o algemar.

— Pode continuar contando comigo, Edgar.

— Você é um grande homem Guilherme. Apesar de tudo que passou e agora sabemos que Diogo foi o responsável, não é? Sinto muito, muito mesmo. Vou acompanhar meu filho, providenciar advogado e o que for necessário.

O detetive Cobra e Falcão saiu levando Diogo e Edgar os acompanhou. Guilherme olha em volta procurando Karen e um agente informa que ela estava sendo medicada no térreo. Quando chegou lá percebeu um clima de tristeza no ar, alguns auxiliares e enfermeiros reunidos no posto e outros na porta da sala de curativos, passou pelo posto perguntou o que houve e todos ao vê-lo sorriram e o informaram que pensavam que ele tinha morrido, pois, Dra. Karen comentou que o viu cair do terraço.

— Ela está chorando muito na sala de curativos disse uma auxiliar.

Ao aproximasse da sala as pessoas na porta se afastarem surpresas o cumprimentando. Viu Karen de cabeça baixa com curativo no pescoço sendo consolada por Jorge e sua amiga Carla.

— Karen – falou com voz baixa, um pouco tremula.

Todos o olharam. Karen levantou a cabeça devagar na direção da voz e chorou emocionada aos soluços. Ele correu até ela e a abraçou.

— Eu... eu... pensei que havia morrido quando... daquele terraço... ou meu amor você está aqui – o abraçou com mais força.

— Eu fique pendurado no Diogo e os agentes conseguiram nos resgatar. Karen eu tive tanto medo de te perder – falou tocando o curativo do pescoço e chorando.

Karen passa as mãos tremulas no rosto dele enxugando-lhes as lagrimas. Ele segura suas mãos e as beijas. O pessoal que até o momento assistiam em silêncio começa a bater palmas chamando a atenção deles.

— Fiquei emocionada. Sempre achei que vocês faziam um lindo casal – fala Carla com lagrimas nos olhos. Vamos pessoal trabalhar e deixar os pombinhos se entendendo.

Depois que todos saíram beijaram-se apaixonadamente.

— Guilherme desculpa não ter falado que Beckemam era meu pai.

— Isso não importa mais. Só você me importa – diz acariciando-lhe o cabelo e beijando seus lábios suavemente.

— Eu me apaixonei por você e tinha medo de sua reação quando soubesse que ele era meu pai, mas não queria que descobrisse daquela maneira. Estava querendo contar, mas não suportava a ideia de você me desprezar ou me ignorar.

— E eu ao saber a ignorei no momento tão difícil para você. Fui um insensível. Desculpe-me eu só precisava de um tempo, mas jamais iria a desprezar. Eu pensava o tempo todo em está perto de você, tê-la em meus braços e demonstrar todo o amor que despertou em mim. Beijou-a novamente.

Batem na porta e ao abrir a auxiliar informa:

— Desculpe interromper Dr. Guilherme, Dra. Karen, mas ligaram da UTI informando que o Sr. Beckemam acordou e ao saber que estava no Hospital Geral começou a ficar agitado exigindo a presença do médico responsável e de sua filha.

17º Capítulo

Guilherme e Karen chegam na UTI e veem a enfermeira tentando acalmar Beckemam dizendo que o médico já estava vindo. Karen se aproximou da cama segurou-lhe a mão e disse:

— Pai agora deve se acalmar.

— Karen, o que aconteceu? Porque estou aqui neste hospital? O que fizeram comigo? Como pode me deixar aqui? – mal conseguia falar de tão agitado.

— Não se lembra o que aconteceu? Você levou uma bala na cabeça. Guilherme o trouxe para cá e o operou.

— Então foi ele que trouxe para cá e me cegou. Ele me cegou. Eu não estou enxergando – disse com frustração.

Karen estava em choque e mal conseguia fala. Não conseguia acreditar que o pai estava cego.

— Ele salvou sua vida.

Guilherme se aproximou tocou o ombro de Karen e falou:

— Beckemam, eu não o ceguei. Você levou uma bala e ela se alojou no lobo occipital onde está o centro da visão, por isso está com perda de visão temporária e é comum ocorrer também perda de memória. No seu caso perdeu a memória dos últimos acontecimentos. Você foi operado aqui por ter sido o hospital mais próximo e não foi transferido para evitar agravamento do quadro. Karen, agora eu preciso examina-lo e fazer alguns testes, me espere no descanso médico que irei vê-la assim que puder.

— Pai, eu volto depois — disse saltando-lhe a mão.

— Não! Você irá providenciar minha transferência para o Hospital Imperial, lá poderei fazer os exames e testes com o Rodrigues — disse com tom autoritário e se dirigindo a Guilherme continuou falando. Você me manteve aqui enquanto estava inconsciente, mas agora não o fará.

— Poderá ser transferido depois que fizer uma tomografia, e eu meu relatório.

— Já falei que farei os exames no Imperial.

— Só sairá após a tomografia, se quiser, poderá fazer outra no Imperial.

— Pai. Vou ligar para Rodrigues e providenciar sua transferência, enquanto isso fará os exames que Guilherme achar necessário, certo? Não obtendo resposta repetiu. Certo?

— Tudo bem. Farei a tomografia — disse tentando mostrar segurança e não a frustração que sentia.

Uma hora mais tarde Guilherme entra no descanso médico e abraça Karen.

— Hei! Não fique assim. Já sabíamos que isso poderia acontecer, então fique calma, certo? Veja o lado bom, ele está falando normal, e que normal, hem? Pensamentos ordenados, isto é, nem tanto — deu um sorriso. Depois de um pouco de fisioterapia estará andando normalmente. As perdas da memória e de visão são temporárias. Acredite em mim. E pela tomografia, tudo bem, ele pode ser transferido.

— Peço desculpas por ele. Se ele soubesse o quanto deve a você por não ter morrido por aqueles bandidos. Eu contarei tudo a ele e...

— Não, Karen. Não deve conta nada por enquanto. Ele já se agitou demais para quem acabou de sair de um coma. E logo recuperará a memória. Você ligou para Rodrigues sobre a transferência?

— Liguei, mas ele não estava lá. Informaram que ele soube pelos noticiários o que ocorreu aqui e está vindo para cá. Falei com David para mandar a ambulância.

— Ok! Que tal um beijo.

— Acho uma ótima ideia.

Rodrigues chega ao Hospital Geral e pergunta por Karen.

Ao entrar no descanso médico percebe um clima entre Guilherme e Karen. Aproximasse a abraça e beija. Karen sutilmente o afasta. Ele toca no curativo em seu pescoço e fala:

— Você se machucou, querida. Deve ter sido horrível. Soube pelos noticiários o ocorrido aqui, mas não imaginei que o sujeito a tinha ferido. Como está agora?

— Realmente foi horrível, nunca pensei em passar por uma experiência tão desagradável. Tocando no curativo continuou a falar. Aqui foi o contato com o bisturi. Tive muito medo dele me matar, mas essa experiência foi superada por outro acontecimento.

— Que outro acontecimento? – perguntou curioso.

— Meu pai saiu do coma.

— Saiu? Como ele está?

— Ele teve perda de memória recente e da... visão.

— Visão? Puxa, Karen lamento muito, mas... já era de esperar sequelas no caso dele. Apesar da perícia de

Guilherme na cirurgia, quando o celebro sofre uma agressão tem consequências que podem ser graves ou não. Vamos esperar que seja passageira. Houve mais alguma sequela?

— Não – respondeu Guilherme. Ele não aceitou ser examinado por mim, mas apresenta boa sensibilidade e reflexo dos membros e uma língua bem afiada. O relatório e cópia da tomografia estão disponíveis no posto de enfermagem da UTI, já poderá transferi-lo e examina-lo no Hospital Imperial. Como você prévia ele quer sair o mais rápido possível.

— Liguei para o avisar da transferência, mas você já tinha saído. David deve mandar a ambulância – explica Karen

— Certo. Vou ligar para saber quais as providências tomadas por David e ficarei com seu pai esperando a ambulância. Você vem conosco?

— Foi muita emoção para uma só noite – falou olhando para Guilherme. São quase sete horas vou para casa descansar um pouco e depois irei para o Imperial.

— Tudo bem. Quer uma carona? É melhor você não dirigir.

— Eu a levo – diz Guilherme interrompendo.

Rodrigues a olhou percebendo a preferência beijou-a na testa e ia à direção da porta, mas Karen segurou-lhe o braço e disse:

— Guilherme, eu vou até a UTI com Rodrigues e daqui a meia hora volto para pega sua carona.

— Ok!

Ao chegarem na UTI viram que Beckemam não aceitava que aplicassem a medicação nem o tocassem. A enfermeira estava tensa com as grosserias dele. Karen foi a primeira a se aproximar do leito.

— Pode ir Rita deixe que cuido dele. Pai está em um hospital precisa deixar que apliquem as medicações e tomem seus dados vitais.

— Quando estiver com Rodrigues no Imperial tomarei as medicações que forem necessárias – respondeu impaciente. Eu não estou enxergando, Karen. E não sei lidar com isso.

— Eu sei, pai. Eu sei o quanto está sendo difícil para você.

— Se for para depender e confiar em alguém que seja lá no Imperial com supervisão de Rodrigues.

— Beckemam. Já estou aqui – fala Rodrigues.

— Rodrigues! Finalmente! Quero sair desse hospital.

— Logo iremos para o Imperial. Lá faremos todos os exames necessários para seu tratamento e recuperação o mais breve possível.

— Por que permitiu que eu ficasse aqui?

— No início fui contra e vim aqui busca-lo, no entanto, seu quadro estava delicado não permitindo a transferência.

— Pai, eu vou deixa-lo com Rodrigues, pois, preciso passar em casa. Mais tarde irei ao Imperial, certo?

— Tudo bem.

18º Capítulo

No Hospital Imperial Beckemam questiona Rodrigues.

— Rodrigues me explique o que andou acontecendo. Quem atirou em mim e porquê? Eu vejo alguns "flashes" quando estou dormindo, mas não sei se realmente aconteceu, se é minha memória voltando ou não.

— O que vê nesses "flashes"?

— Guilherme me perseguindo, batendo no fundo do meu carro. Um carro ao lado do meu com alguém apontando uma arma, mas não consigo identificar quem é este homem. Cheguei a pensar que era Guilherme, mas ele não iria atirar em mim e depois me salvar.

— Pelo que sei através de entrevistas dos detetives e do próprio Guilherme nos jornais é que o sujeito que o perseguiu era o mesmo que sabotou o carro de Guilherme provocando o acidente com a esposa e filho — fala Rodrigues.

— Então o alvo do acidente era Guilherme e não a família, e quem deveriam ser atingidas indiretamente era eu e o Hospital Imperial — diz Beckemam pensativo.

— Não acredito que tenha associação do acidente com o carro de Guilherme e a perseguição que sofreu. Os sujeitos queriam era força-lo a parar na intenção de rouba-lo ou até sequestrar. Um BMW chama atenção e Guilherme está fantasiando com essa história de reconhecer o sujeito como o mesmo que estava próximo ao seu carro antes do acidente da família.

— Não ver que estou certo. Tentaram matar Guilherme sem sucesso para me atingir indiretamente. Como o escândalo e declínio na vida dele não atingiram a mim e ao Imperial como esperado então, me eliminar passou a ser necessário.

— É você está certo em relação a tentarem matar Guilherme para atingi-lo. Tem algo que ainda não sabe...

— O que ainda não sei? Fale logo, e não me esconda nada do que ocorreu desde que fiquei em coma.

— Muito bem! Quem armou para matar Guilherme e assim o atingir foi Diogo o filho de Edgar. Ele não é muito normal, entende. Fez tudo sem o pai saber achando que iria o agradar. Rodrigues passa a contar o que assistiu nos noticiários sobre o ocorrido no Hospital Geral com Karen e Diogo.

— Sabia que Edgar estava por trás de tudo.

— Edgar não tem nada a ver com isso, e sim o filho dele que nunca foi muito certo.

— Tudo bem que você goste daquele sujeito já que trabalharam muito tempo junto, mas eu conheço o íntimo dele e sei o que é capaz. Agora Karen passar por um perigo desse não me conformo. Eu quero vê-la por favor a chame para mim. Droga! Eu falando em vê e não estou enxergando, maldição — fala Beckemam angustiado tentando conter algumas lagrimas que insistiam em brotar dos seus olhos. Rodrigues me deixe sozinho.

— Tudo bem. Vou deixar os papeis no criado mudo e chamar a Karen.

Algumas horas depois...

— Quem é? Karen? – perguntou Beckemam quando a porta se abriu.

— Sou eu pai. Hoje demorei mais cheguei.

— Eu sentir seu cheiro. Já consigo identificar algumas pessoas pela maneira de pisar, abrir a porta, cheiro... Karen, filha, você me conhece eu não suporto a ideia de ficar cego, de depender de alguém para qualquer coisa. Rodrigues veio com alguns papeis para eu assinar e pedir para que os deixassem para que você lesse para mim, pois, nunca assinei nada antes de lê e só confio cegamente em você – deu um sorriso amarelo.

— Claro que pode contar comigo. Mas antes queria lhe pedir uma coisa.

— Diga.

— Soube que você demitiu a auxiliar Anita só porque ela colocou um copo d'água em lugar impróprio e o fez derrubar. Pai...

— Não precisa continuar. Tudo bem. Ela não será demitida, mas o crédito não é todo seu. Você lembra da enfermeira Isaura? Aquela que quando tem algo a dizer não mede as consequências. Veio aqui depois que demitir a auxiliar para me falar algumas coisas. Em resumo me fez ver que eu só enxergava o que queria. Disse que deveria estar grato a Deus por esta vivo, sem sequela neurológica grave e ter posto Guilherme no meu caminho, pois, se eu tivesse vindo operar aqui poderia não ter tido a mesma sorte. Quis saber o que ela estava insinuando e ela fez outra pergunta: porque eu confiava tanto em alguém tão parecido comigo e "cobra criada" por meu inimigo.

Eu fique transtornado falei que ela era louca e que iria fazer companhia a auxiliar. Ela complementou falando que a demitisse, mas não a auxiliar, pois, ela tem um filho dependente com problemas neurológicos devido a um acidente, e que não teve a mesma sorte que eu tive e... falou outras coisas.

Depois que ela saiu fiquei pensando na insinuação dela a respeito de Rodrigues e fiquei preocupado.

— Por que preocupado? Não confia em Rodrigues?

— Há alguns meses precisei viajar e como tinha um negócio com investidores em andamento precisei da carta-branca ao Rodrigues e ele mexeu em algumas coisas que não deveria, nada que não pudesse se reverter. Ele deve ter se sentido o dono do pedaço e quis deixar o Hospital mais o estilo dele, mas ao chegar, cortei suas asinhas. Então se você me pergunta se não confio em assinar algo que ele me entrega sem poder ler, minha resposta é sim e o que aquela enfermeira insinuou precisa ser investigado.

— Eu convivi com Rodrigues e sei que ele é ambicioso, mas não mau-caráter.

— Eu convivo com ele e sei que é uma pessoa notável e muito, muito ambiciosa. Quero que você conte tudo que conversamos ao detetive responsável pelo caso da tentativa do meu assassinato — percebendo que Karen estava em dúvida acrescentou. O assunto precisa ser investigado e nada melhor que feito por alguém já envolvido. Agora vamos mudar um pouco de assunto. Como está você com Guilherme?

— Bem. Mas não quero conversar sobre esse assunto com você.

— Por que não? Eu recuperei minha memória. A cena da perseguição, ele tentava realmente salvar minha vida e sou grato a ele por isso e ainda mais por tê-la salvo.

— Você foi bem grosso com ele lá no Geral, que tal, pedir desculpas.

— Quem sabe um dia.

19º Capítulo

Karen chega ao apartamento de Guilherme imaginado o que ele havia preparado para eles jantarem. Estava com um vestido de alça vinho que lhe caia muito bem.

Ao abrir a porta, Guilherme assobiou de admiração e beijou-lhe suavemente. Ele estava com calça preta e suéter verde realçando seus olhos. A música suave deixou o ambiente mais aconchegante. Sentaram em frente à lareira saboreando um vinho.

— Tudo bem com Beckemam?

— Ele continua não enxergando, mas recuperou a memória e disse que está grato a você por lhe salvo a vida. É sério, é sério... hei para de fazer essa cara.

— Eu sei amor. Conheço bem seu pai. Ou ele iria considerar que eu estava tentando salvar sua vida, ou tentando ajudar o bandido a pega-lo com mais facilidade — disse Guilherme sorrindo.

Karen contou a conversa que teve com Beckemam no hospital e que o detetive achou muito interessante àquelas informações e irá investigar. Guilherme ficou pensativo.

— O que foi? — perguntou ela curiosa com o jeito pensativo de Guilherme.

— Nada de concreto. Só lembrei que um dia após Diogo ser preso, eu vi Edgar falando no telefone de forma áspera: "você não devia o envolver nisso" e quando percebeu minha presença desconversou e desligou.

— Você acha que ele estava falando com Rodrigues?

— Não sei, mas agora chega de fala em Rodrigues — pegou a mão de dela e começou a beijar suavemente subindo pelo braço. Ou de Beckemam, ou Edgar. O momento agora é nosso. Beijou-lhe a boca suavemente e intensificando à medida que era correspondido.

Karen sentia-se tão feliz estando envolvida nos braços másculos de Guilherme que seu corpo tremia de desejo. Enquanto ele a beijava sentia um arrepio na barriga. Ele estava ofegante com um olhar de desejo que a corara. Beijando-lhe o pescoço, baixando delicadamente a alça do vestido para a acariciar; ela beijava seu pescoço e lhe mordia suavemente a orelha. Ele ajoelhou no tapete ficando de frente para ela. Tirou o suéter fazendo-a olhar seu tórax bem definido, sentir seus dedos acariciarem-lhe os pelos macios, perfumados. Ele usou uma das mãos para abrir o zíper afrouxando o vestido e a outra sentia a firmeza, maciez e quentura que brotava dos seios de Karen. Foi percorrendo suas mãos explorando todo aquele belo corpo a sua frente, cada curva, acariciando sua pele macia beijando-a, parecia que sabia exatamente onde a tocar. Ela acariciava seu peito peludo, sua costa, nádegas, mordia suavemente seu mamilo. Passaram minutos naqueles jogos eróticos com a pulsação acelerada seus corpos ardendo de desejo. Ela já preparada e ele transbordando de desejo uniram-se tornando um só e sincronizados chegaram ao clímax com plena satisfação.

— Meu amor, você é linda – falar Guilherme com voz abafada.

— E você foi maravilhoso...

Ficaram alguns minutos abraçados em silêncio ouvindo uma linda música romântica. Quando o CD terminou Guilherme se levantou e a ajudou a levantasse e disse:

— Agora que tal jantarmos.

— Uma excelente ideia.

Ele a deixou na mesa e foi até a cozinha. Voltando com sushi e saquê.

— Comida Japonesa, hum!? Não seria de um restaurante aqui próximo? – perguntou com tom divertido.

— Como adivinhou? – sorriu também. Já a sobremesa é especialidade minha: Mouse de morango.

— Puxa, deve ser especial.

— Muito especial.

Depois que comeram ele foi buscar o mouse. Colocou coberto no centro da mesa e pediu que ela servisse. Quando Karen destampou viu uma caixinha preta que iluminou seus olhos.

— Gostaria de casar comigo?

— Claro, meu amor.

Beijaram-se e ele colocou-lhe a aliança em seu dedo.

No outro dia já em seu apartamento Karen acaba de sair do banho quando o telefone toca:

— Alô!

— Karen, como foi com o gato do Guilherme?

— Carla. Ele me perdoou e me pediu em casamento. Estou tão feliz.

— Viva! Que bom Karen. Eu não disse que vocês foram feitos um para o outro! Ele ficou numa tensão horrível quando aquele maluco a pegou como refém. Eu também fiquei muito preocupada. Você passou por uma situação traumatizante, não é minha amiga? mas felizmente ocorreu tudo bem e foi salva pelo seu príncipe encantado, e que príncipe, hem?

— É realmente encontrei o meu príncipe e não poderei viver mais sem ele.

— Ele está muito bem no Hospital Royal, não é?

— É. Trabalhando lá ele readquiriu seu prestígio frente aos ricaços e a mídia, principalmente depois de ter salvado a vida de meu pai. Ele extremamente competente e todo o sofrimento que passou o ensinaram que a vida é muito mais do que dinheiro, poder e fama. Ele se descobriu e libertou a pessoa especial que é hoje. Guilherme é uma pessoa maravilhosa e não estou falando isso por estar apaixonada por ele.

— Você me deixou com inveja.

— E o Jorge?

— Como você sabe tem que ir devagar. Ele é tímido e só desistiu de você depois que a viu de "Love" com o Guilherme naquele dia traumático. E eu não podia perder a oportunidade para o consolar e deu certo.

— Estou torcendo por vocês.

— Também espero que sejam muito felizes, beijos e tchau.

20º Capítulo

No Hospital Imperial.

— Beckemam o que o detetive queria aqui? — perguntou Rodrigues intrigado.

— Ele queria saber o que havia lembrado do acidente e perguntar também sobre meu relacionamento com Diogo e Edgar. E sobre você, pensou Beckemam.

— Já passou tanto tempo que não pensei que ele ainda o iria procurar.

— Foi uma tentativa de assassinato é natural que haja investigações.

— Mas já foram pegos os culpados e mandante.

— É realmente. Acho que não preciso me preocupar, não é? Você tem visto ou falado com Edgar? Ou fez alguma visita ao filho dele?

— Não. Desde que vim para cá pedir o contato com eles. Por quê?

— Curiosidade em saber como estão depois de tudo que aconteceu.

— O que você falou ao detetive sobre Edgar?

— O que todos já sabem. Ele é um cretino, morre de inveja de mim. E deve ter dado pulos de alegria quando sofri o atentado, e lamentado por não ter morrido ou ficar vegetando na cama. Mas também é um covarde para se envolver em assassinato precisando de um filho demente para isso. Sinto que você ficou tenso com o que lhe digo, mas sei que ele também falou para você muitas vezes horrores de mim, que em parte não é mentira. No entanto, algo ele nunca mudará é que eu, minha família e os próximos a mim, somos ganhadores enquanto ele e sua raça e os que o cercam são perdedores. Você mesmo quando passou a ser ganhador pulou para cá, que é o lugar de vencedores.

— Chega! Você que é um cretino, convencido, pretensioso e arrogante – falava Rodrigues sem conseguir se controlar. Edgar é um homem honrado que trata a todos sem distensão e só detesta uma única pessoa em todo esse mundo, que é você. O homem que rouba a mulher da vida do seu melhor amigo o deixando arrasado e tornando-a tão infeliz que a fez morrer de depressão. Karen nunca se deu bem com você, não é, imagina se ela soubesse que você violentou e engravidou a mãe dela para forçar um casamento com a filha do homem mais importante da época, foi muito benéfico para um médico em início de carreira, não é?

— Eu não violentei a mãe de Karen, e sim seduzir. Ela gostava de mim e foi o assédio de Edgar que a fez se deprimir. Ele sim é culpado da morte dela. E você como sabe disso tudo e o que tem a ver com isso?

— Eu sou filho de Edgar. Mas ninguém sabe disso. E você... por estar muito triste e inconformado com a cegueira irá se matar.

— E como eu irei fazer isso?

– Com um caco deste copo aqui irá cortar os pulsos – quebra o copo e pega um caco com ponta. Eu tentarei impedi-lo e serei ferido superficialmente, é claro.

– Você é tão louco como o resto da sua família. Ninguém irá acreditar nisso. Todos sabem que não sou um covarde para me suicidar.

– Todos sabem também que você não suporta mais esta situação de dependência. E eu saberei convence-los, não se preocupe – aproximou-se com o caco e segurou o braço de Beckemam.

– Espere. Responda-me uma coisa – diz Beckemam segurando o braço de Rodrigues tentando afastar o caco de vidro.

– Sim.

– A ideia do acidente contra Guilherme e meu assassinato foi sua ou de Edgar?

– O que importa. Ele só não queria que envolvesse o Diogo. Mas se faz tanta questão de saber, a ideia foi minha.

Do lado de fora os agentes receberam autorização para entrar. Arrombaram a porta e gritaram:

– Polícia! Larga o caco de vidro e se afaste dele, agora!

Rodrigues obedece vendo que não tinha chance alguma, a seu favor.

Detetive Cobra entra e dirigisse a Beckemam.

– Bom trabalho Sr. Beckemam. Admiro sua coragem.

– Como? – pergunta Rodrigues ainda confuso.

– Já algum tempo seu telefone e de Sr. Edgar foram grampeados e ouvimos telefonemas interessantes. E depois que a filha do Sr. Beckemam foi me visitar para contar das desconfianças dele o seu respeito, não foi difícil ter toda a cooperação para colocar a câmera — apontou para o teto — e microfones aqui no quarto e assim conseguir uma excelente confissão. Você ficou muito bem na filmagem. Levem-no!

— E Edgar? – pergunta Beckemam ao detetive depois que levam Rodrigues.

— Dois agentes foram prendê-lo como cúmplice. Logo estará fazendo companhia ao filho. Quem diria, Dr. Rodrigues filho do Sr. Edgar.

No Hospital Royal Guilherme está indagando Edgar sobre notícias de Diogo, quando dois agentes entram dando ordem de prisão a Edgar.

— O que? Sobre que acusação?

— Cúmplice no acidente da família do Dr. Guilherme e tentativa de assassinato do Sr. Charles Beckemam.

— Por que estão me considerando cúmplice?

— Seu filho confessou.

— Diogo está desequilibrado.

— Não este filho.

— Ele tem outro filho? – interrompe Guilherme supresso.

— O Dr. Jaime Rodrigues.

— Rodrigues foi preso? – Edgar falar apavorado.

— Rodrigues é seu filho? – pergunta Guilherme supresso. Vocês planejaram tudo contra mim e Beckemam?

Tentou me matar e depois me contratou como se nada tivesse acontecido, por quê?

— Beckemam fazia sucesso porque o tinha no Imperial. Você sempre foi a "cabeça" de lá e aqui também ajudou muito na administração e com os investidores, além de ser o melhor neurocirurgião depois de Rodrigues, é claro. Pensei que com você fora do caminho, Beckemam ficasse em dificuldades, mas apesar de Rodrigues atrair os investidores e pacientes depois do escândalo criado com a recusa dos seus familiares no Imperial, não foi suficiente para a derrota dele. Então planejamos elimina-lo e você atrapalhou. Rodrigues pensou em tudo, até a discursão em que eu ficava aborrecido por ele aceitar a proposta de Beckemam e falava na sua contratação com portas abertas para que todos ouvissem.

— Vocês não queriam apenas o matar, mas também roubar o Hospital Imperial, não é mesmo? Por isso Rodrigues foi para lá.

— Já chega! Outras explicações serão feitas na delegacia, vamos — fala um dos agentes.

— Guilherme eu quero que continue aqui no Royal e administre com total poder de decisão.

— Eu fiquei aqui depois do ocorrido com Diogo porque acreditei que você não tinha culpa de ter um filho desequilibrado, mas você pensar que aceitaria continuar trabalhando aqui sabendo que planejou meu assassinato que quase matou minha família, destruiu minha carreira e não ficando satisfeito tentou matar Beckemam, isto é, no mínimo uma tremenda ofensa. Você é um doente e vai apodrecer na cadeia junto com sua corja — falou alterado e controlando-se para não agredir Edgar que já se encontrava algemado.

Quando os agentes passaram pelos corredores e recepção levando Edgar algemado começou o murmúrio dos auxiliares, enfermeiros e médicos querendo entender o que estava acontecendo. Alguns minutos depois Guilherme passa com fisionomia séria e tensa. Um médico pergunta o que estava acontecendo.

— Ele foi preso como cúmplice do Rodrigues na tentativa do meu assassinato e do de Beckemam. O acidente que aconteceu com a minha família era para mim. Eles queriam atingir Beckemam e o Hospital Imperial me tirando do caminho, não ficando satisfeito planejaram a morte de Beckemam.

Aumentaram os murmúrios e a história foi se espalhando.

— Sei que Edgar não gosta de Dr. Beckemam e essa rivalidade de anos poderia explicar os motivos dele, mas não entendo o envolvimento de Rodrigues nisso tudo — fala o médico intrigado.

— Pois, é, aí vem à parte que ainda não digeri. O Rodrigues é filho de Edgar.

Houve surpresa geral.

— Eu também não sei porque eles escondiam o parentesco — voltou a falar Guilherme e dirigindo-se ao pessoal ali presente continuou. Pessoal devido a estes últimos acontecimentos eu não irei mais trabalhar aqui, acredito que todos entendam. Por favor desmarque as cirurgias — disse a auxiliar responsável pelas marcações. Vou para casa.

— É difícil de acreditar que Rodrigues é filho de Edgar e eles nunca deixaram transparecer, nem mesmo para o Diogo. Eu entendo sua indignação e revolta, mas você estava tão bem aqui. Sabe alguma coisa do que irá acontecer ao hospital com a prisão de Edgar? — indagou o médico.

— Acredito que ele nomeará alguém para administrar o hospital. Dirigindo-se aos outros que ouviam a conversa disse: não sofram por antecipação esperem para ver o que irá acontecer em relação ao hospital. Agradeço a vocês por ter me recebido tão bem durante estes meses, sentirei falta do clima de carinho e camaradagem de todos vocês.

— Nós nos veremos — fala Dr. Sebastião antigo amigo de Guilherme.

Guilherme se despediu de todos e saiu para ir ao Hospital Geral ansioso em encontrar Karen. Ao chegar, ficou sabendo que ela foi ao Hospital Imperial visitar o pai. Resolveu aguardar seu retorno trabalhando.

21º Capítulo

No Hospital Imperial Karen encontra o pai em pé vestido de roupão, no meio do corredor conversando com o detetive Cobra.

— Eles vão pegar uns bons anos por tentativa de dois assassinatos premeditados.

— Não detetive, foram três tentativas — corrige Beckemam.

— É realmente Sr. Beckemam. Graças a sua corajosa cooperação eles não poderão tentar assassinar mais ninguém. Agora tenho que voltar a delegacia e tomar os depoimentos.

Cumprimentaram-se e o detetive sai, acenando com a cabeça ao passar por Karen. Beckemam olhando em direção a Karen fala:

— Karen querida estava mesmo querendo te vê.

— Pai, o que está acontecendo? Todos estão agitados no hospital. Tem dois carros com policiais na entrada e o detetive estava falando de sua corajosa cooperação em que? Quem foi preso?

— Calma. Vamos a minha sala que explicarei tudo que aconteceu. E dirigindo-se a enfermeira ele fala: circule pelo hospital e mande quem não estiver trabalhando voltar ao trabalho, não quero fofoca ou agitação aqui no Imperial. Voltou-se para Karen. Vamos! Sai na frente e Karen o segue intrigada.

— Pai você voltou a enxergar?

— Quase 100% - Disse a olhando com um sorriso satisfeito nos lábios.

Percebendo que ela estava surpresa e emocionada sorriu novamente e disse:

- Te explicarei isso também.

Passando pela secretária mandou providenciar água e café para eles. A secretaria prontamente foi atende-lo surpresa em vê-lo ali como se nada tivesse acontecido. Já sentados tomando a água e o café. Karen ouve a explicação dos últimos acontecimentos, da armação perigosa que ele e o detetive Cobra combinaram sem que ninguém do hospital soubesse. Engenhoso, aproveitarem uma madrugada de domingo quando praticamente o hospital fica deserto, para colocarem microcâmaras, escutas, na sala de observação com polícias disfarçados. Ainda não conseguia aceitar o fato de conviver tanto tempo com Rodrigues sem nem desconfiar do seu parentesco com Edgar e sentimento de vingança para com seu pai. Que ele foi capaz de encomendar o assassinato de Guilherme e de Beckemam.

— Por que não me contou o que estava planejando e que tinha recuperado a visão?

— Assim como minha memória retornou fui gradativamente recuperando minha visão e como já desconfiava de Rodrigues achei melhor não revelar que, já estava enxergando. Só contei a enfermeira Isaura que pôr está sempre me acompanhando na fisioterapia percebeu que já não apresentava o mesmo mau-humor de quando perdi a visão e estava me empenhando mais aos exercícios para a recuperação plena dos meus movimentos. Insistir com ela a respeito da insinuação que tinha feito a respeito de Rodrigues e acabou por me revelar que ouviu um telefonema em que ele falou o nome de Edgar, dizendo: "Edgar, nós vamos fazer com que ele pague por tudo o que você passou. Beckemam agora é problema meu". Então pedir que chamasse o detetive para falar a respeito e saber como estavam as investigações. Ele informou que Rodrigues era seu principal suspeito e pediu permissão para colocar os equipamentos de escuta no meu apartamento, escritório e descanso médico. Sabíamos que cedo ou tarde Rodrigues iria tentar algo e se eu o provocasse poderia conseguir com que se revelasse. E foi o que aconteceu e que já lhe contei. Agora quanto não lhe contar tudo antes, sinto muito minha querida, mas você poderia deixar transparecer algo e ele poderia desconfiar e não conseguiríamos nenhuma prova contra ele.

— Tudo bem, pai. Você sempre se achou autossuficiente e eu uma sentimentalista. Talvez tivesse razão e eu deixasse transparecer algo para Rodrigues. O que importa agora é que os responsáveis pelo, o que lhe ocorreu e à família de Guilherme estão presos. Você está bem e enxergando.

— Suas palavras só confirmam que você não conseguiria fingir.

— Só porque estou emocionada por vê-lo enxergando e tensa por saber que Rodrigues poderia tê-lo ferido gravemente ou matado?

— É, se eu não estivesse enxergando ele poderia ter cortado meus pulsos, mas só que eu tinha força em meus braços e via muito bem o que ele podia ou não fazer com aquele caco. Não fique assim, já acabou. Levantou e foi a abraçar.

— Apesar de descordamos e discutimos por algumas coisas, você é meu maior tesouro, querida nunca esqueça disso.

— Eu sei pai, também te amo.

Beckemam foi à direção do armário onde guardava algumas roupas.

— Agora preciso tomar um banho, me vestir e resolver alguns assuntos pendentes.

— Certo. Não vá trabalhar muito, ainda está se recuperando. Estarei no Hospital Geral. Beijou-o e saiu.

Quando chega ao Hospital Geral avisam que Guilherme a aguarda no descanso médico. Ela entra, ele levanta e a abraça.

— Precisava te vê. Você está vindo do Imperial deve saber mais detalhe sobre a prisão de Rodrigues e eu presenciei a prisão de Edgar. Foi horrível.

— Calma, amor. Você está muito tenso.

— Esse tempo que convive com Edgar aprendi a admira-lo e não pensei nenhum momento que estivesse envolvido com Diogo. E agora essa bomba dele ser pai de Rodrigues e terem planejado o meu assassinato e de seu pai. Fiquei decepcionado e com muita raiva. Quase pedir minha família naquele acidente, minha vida desmoronou. A única coisa boa que aconteceu em minha vida depois daquele acidente foi você.

— Querido, você sofreu muito e não merecia tal sofrimento, mas não considere apenas me conhecer como a única coisa boa que lhe aconteceu. Você cresceu como pessoa, passou a enxergar o mundo como um todo e não apenas o Hospital Imperial e tem mais, você é muito mais próximo do seu filho agora, não é mesmo?

— É, você tem razão. Agora me conte o que aconteceu no Imperial, como prenderam Rodrigues.

Karen passou a contar tudo que soube através do seu pai, da armação que fizera junto com o detetive Cobra para conseguir a confissão de Rodrigues e da recuperação de sua visão.

— Sinceramente fico feliz que Beckemam tem recuperado a visão e já tenha retornado ao seu ritmo normal. E também você não terá mais ninguém com quem se preocupar. Será só minha. Beijaram-se.

Durante vários dias os noticiários só falavam da prisão de Sr. Edgar da Veiga e Dr. Jaime Rodrigues, do depoimento deles e do Sr. Charles Beckemam diretor do Hospital Imperial. Do destino do Hospital Royal sendo administrado por um grupo estrangeiro. E da entrevista do Dr. Guilherme Franco sobre a saída do Hospital Royal e recusa em o administrar e ouviram a mesma resposta impaciente: "Como poderia continuar trabalhando em um Hospital cujos donos foram responsáveis por toda a tragédia que ocorreu em minha vida nos últimos 2 anos".

Descobriram ao entrevistar Dr. Diogo na prisão psiquiatra que o mesmo não sabia do parentesco com Dr. Jaime Rodrigues, pois, o pai nunca o contará, pois, tinha medo da sua reação ao saber que existia um meio-irmão.

Ele disse que fora influenciado por Rodrigues a contratar o homem que cortou os freios do carro de Dr. Guilherme Franco para seu assassinato parecer acidente, tirando assim a pessoa que influenciava no sucesso de Beckemam e do Hospital Imperial deixando seu pai feliz com a derrota do seu rival e inimigo o Dr. Charles Beckemam.

Comentaram também do principal motivo da rivalidade entre os dois homens mais poderosos da Cidade – Charles Beckemam e Edgar da Veiga – ter sido pelo amor de uma mulher, a mãe da Dra. Karen Beckemam, que ao ser entrevistada confirmou a alegação do pai de que casará apaixonado, dizendo: "- Eles se gostavam muito, viviam com tanta cumplicidade e carinho que eu tinha um certo ciúme. Meu pai sofreu muito quando ela começou a adoecer e morreu... não sabia que a rivalidade entre eles era por ambos gostarem da mesma mulher".

E também havia comentários a respeito do envolvimento dela e Dr. Guilherme e que aguardavam sair o divórcio dele para marcarem o casamento.

22 º Capítulo

No Hospital Geral os funcionários festejam a chegada do natal trocando presentes com seus amigos-secretos, quando um visitante inesperado se aproxima todos param e o olham supressos. Era nada menos que Dr. Charles Beckemam em pessoa. A única vez que esteve no Hospital Geral foi quando levou o tiro e, porque estava inconsciente, pois, após voltar à consciência exigiu sua transferência para o Hospital Imperial. O que ele estaria fazendo ali é o que todos se perguntavam.

— Guilherme gostaria de conversar um pouco com você – diz Beckemam.

Guilherme ficou sem ação por um tempo imaginava que ele veio ver a Karen.

— Tudo bem, Beckemam. Acompanhe-me. Pessoal continue a festa, mas não comam a torta toda – falou disfarçando um pouco a tensão antes de sair com Beckemam até o descanso médico.

Quando Karen fez menção em acompanha-los, Beckemam disse:

— É melhor conversarmos a sós, depois falo com você Karen.

— Certo – disse Karen ao pai e percebendo que Guilherme excitou, disse a ele: vocês precisam conversar há muito tempo. Eu esperarei aqui.

Eles entram no descanso médico e Guilherme fecha a porta. Beckemam olha ao seu redor. Era até grande para o que ele imaginará. Tinha dois beliches, uma mesa com televisão e um vídeo, um sofá de dois lugares em frente à TV, um bebedouro e um pequeno armário.

— Já inspecionou o lugar – falou Guilherme com tom irônico e impaciente.

— Você sabe o quanto eu não gosto de estar aqui.

— Por que veio?

— Eu vim pedir desculpas por tudo que lhe ocorreu por minha causa.

— Veio pedir desculpas, inacreditável! Beckemam no Hospital Geral me pedindo desculpas! Incrível!

— Você quer-se controlar e para com isso!

— Por que você não está na sua sala para me expulsar de lá. Lembra-se Beckemam. Você em expulsou do Hospital Imperial, prometeu que eu não iria trabalhar em nem outro hospital e cumpriu a promessa. Você sabia também que eu tinha dividas, não podia ficar sem trabalho. Para honrá-las e pagar as despesas de hospital de meu filho, fiquei sem nada, sem emprego, sem esposa, sem dinheiro, sem autoestima.

— Tudo o que aconteceu foi devido a circunstâncias. Você me tirou do sério naquele dia. Mexeu com meu ego fazendo com que agisse com raiva. Realmente influenciei os outros hospitais a não o contratar, mas depois que a raiva passou voltei atrás e entrei novamente em contato com diretores para te darem uma chance, no entanto, eles alegaram que você se tornará um bêbado, não tendo condições de ingressar no quadro de funcionários deles. Fiquei decepcionado pôr em tão pouco tempo você ter se tornado um perdedor. Então resolvi o esquecer.

— Você voltou atrás, incrível! Puxa, e eu o decepcionei, não é? Só que você me decepcionou bem antes. Eu o tinha não só como amigo, mas como um pai. Realmente fui um fraco, mas conseguir me recuperar.

— Se você ainda tem tanta mágoa de mim por que se arriscou para me salvar? Rodrigues tinha razão em falar que você só queria me afrontar internando e fazendo a cirurgia em um hospital público?

— Se você me conhece bem então sabe quais as respostas.

— É eu sei. Por mais que influenciasse você para ficar parecido comigo, não se muda personalidade. Guilherme você é uma pessoa inteligente, determinada e competente, mas sempre foi e será sentimentalista. Fica magoado, mas não é vingativo. E por salvar minha vida lhe agradeço e peço desculpas pela minha reação quando acordei do coma.

— Beckemam pedindo desculpas pela segunda vez? Você está se tornando repetitivo.

— Tudo bem, Guilherme. Agora irei lhe dizer o segundo motivo de estar aqui – vendo que ele prestava atenção continuou. Gostaria que você voltasse a trabalhar comigo no Imperial como era antes.

— Nada é como era antes. Eu não sou mais o Guilherme de antes.

— Eu sei. Karen não se apaixonaria pelo antigo Guilherme. Sei que será meu genro em breve. Fico feliz com isso. E você não precisa responder agora. Como de costume terá a comemoração de fim de ano na mansão gostaria que você e Karen fossem. Até lá já terá uma decisão. Guilherme saiba que eu também mudei depois de tentarem me matar e quase ter ficado cego. O Beckemam antigo não veria aqui atrás de você fazer esta proposta. Veria? É melhor você retornar à festa e eu aguardarei sua resposta.

Beckemam sai sem esperar qualquer outro comentário de Guilherme. Encontra Karen no corredor diz que conversa com ela outro dia e sai do hospital passando pela festa percebendo os olhares curiosos.

Karen entra no descanso médico e encontra Guilherme sentado em uma cama, pensativo.

— Como foi?

— Ele veio me pedir desculpas e convidar para trabalhar novamente com ele no Imperial.

— O tempo que ele ficou se recuperando da cirurgia e esses últimos acontecimentos mexeram muito com ele. Ele está mudado, mais sensível, mais carinhoso comigo. Por ele ser muito orgulhoso, pretensioso, preconceituoso com os pobres sei que foi difícil vim aqui para pedir-lhe desculpas e fazer este convite, por isso acredito que está sendo sincero – fala Karen segurando-lhe a mão.

— Tudo que passei me fez refletir muito sobre a vida, atitudes minhas e de outras pessoas, e o ponto positivo foi que realmente cresci como pessoa. Sinceramente espero que Beckemam também tenha refletido e aprendido um pouco com o que aconteceu a ele. Mas, por outro lado eu sei como funciona a mente de seu pai e nada melhor para o Hospital Imperial agora que Rodrigues foi preso como colocar alguém como eu, que está em destaque na mídia, graças a Deus, agora só falando bem, para o substituir. Pode ser que volte a trabalhar no Imperial, vou pensar. Só que ele não terá mais exclusividade e precisará apreender a lidar com o novo Guilherme.

— Um novo Guilherme que eu adoro e de exclusividade só minha. Beijaram-se e ela continuou. Querido eu sei que não foi nada fácil conversar com Beckemam e depois desse tempo todo ter de relembrar momentos que gostaria de esquecer, mas sinto que você não tem mais rancor dele. Não quero o influenciar em sua decisão, só quero apenas que pense com a razão e o coração e faça o melhor para você.

— Depois que desabafei a mágoa que sentia por ele, me sentir muito bem. Apesar de tudo ainda gosto dele. Mas vamos deixar esse assunto para depois, a festa nos espera.

— Espero que não tenham comido a torta toda – fala Guilherme ao retornar à festa com Karen.

— Não deixei ninguém tocar na torta esperando você retornar – comenta Carla.

— Só ela já comeu duas grandes fatias – fala Jorge.

— Puxa, amor, como pode me entregar assim.

Todos riram. Voltaram a conversar e brincar um com o outro. Guilherme fala apenas para Jorge e Carla o que Beckemam queria com ele.

23º Capítulo

Faltando menos de uma semana para o natal Karen combina com Guilherme os preparativos para a ceia que irá reunir seus amigos mais próximos como: Carla e Jorge, Suzana, Felipe e o futuro padrasto José Antônio. Guilherme quer convidar também a enfermeira Isaura que lhe deu uma grande força no momento mais difícil de sua vida e seu amigo David do Hospital Imperial.

— Importaria se eu convidasse meu pai? – pergunta Karen.

— Querida, você acha mesmo que seu pai veria se o convidássemos? Ele é tão formal para uma reunião informal.

— Desde que minha mãe morreu, ele não gosta de festejar o natal. Era só ele e eu jantando sem muita conversa ou entusiasmos. Depois trocávamos os presentes e íamos dormir. Mas talvez ele venha, ainda mais que não terá minha companhia na mansão este ano. Não queria que ele ficasse sozinho.

— Tudo bem. Então vamos ao convidar. Irei até o Hospital Imperial conversar com ele antes do plantão e o convidarei. Mas sinceramente não acredito que aceite.

— Você já tem a resposta à proposta dele?

— Ainda não. Talvez tome uma decisão ao rever o hospital e presenciar as mudanças que ele diz ter feito. Falando em mudanças seus quadros e esculturas deram um toque todo especial ao nosso apartamento e você a minha vida. Estou muito feliz por tê-la como minha mulher.

— Eu também te amo muito.

Beijaram-se.

Ao chegar no Hospital Imperial Guilherme procura por Beckemam e é levado a uma nova construção ao lado da entrada de emergência.

— Guilherme! Se aproxime, que bom o vê.

— Ampliando o Hospital Imperial, Beckemam?

— Aqui estamos construindo para atendimento de emergência e internamento temporário para pacientes pobres. Um Hospital Day de Emergência para pessoas sem recursos.

— Você conseguiu me surpreender. Usando capital em benefício dos pobres?

— Não devemos negar mais atendimento de emergência neste hospital, isto é, eu não devo. E como você sabe não temos acomodações para classe pobre. Nossos velhos amigos não aceitariam dividir seu espaço, então resolvi construir. Venha conhecer. São acomodações simples, mas com todo equipamento necessário para todo tipo de atendimento.

— Está muito bom, Beckemam. Ambulatórios?

— Sim. Pela manhã atenderemos SUS e à tarde convênios. Simples não.

— É, simples.

— E então já tem a resposta a minha proposta?

— Você me deu um prazo até dia 31, certo?

— Certo. O que o trouxe aqui?

— Eu e Karen iremos receber uns amigos para a ceia do natal e gostaríamos que você fosse.

— Realmente?

— Sr. Beckemam sua secretaria ligou o procurando — fala a enfermeira Isaura se aproximando.

— Isaura, um momento por favor.

— Sim, Dr. Guilherme.

— Gostaria de convida-la para a ceia de natal no sábado. Posso passar para pagá-la.

— Guilherme — interrompe Beckemam. Eu irei à ceia e passo para pegar a Srta. Isaura. Às 19:00h está bom — faz a pergunta à enfermeira que responde com um gesto de afirmação. Agora tenho um compromisso e terei de deixa-lo, mas fique à vontade Guilherme. Nós nos vemos no sábado.

Guilherme estava supresso com a atitude de Beckemam. Despediu-se de Isaura e foi procurar David no Centro Cirúrgico para o convidar antes de ir para o plantão ao Hospital Geral

24º Capítulo

Chegou à noite de sábado, véspera de natal. Karen fez os últimos ajustes na árvore-de-natal onde espalhará os presentes. Suzana, Felipe e o padrasto foram os primeiros a chegar. O garoto não continha o entusiasmo e ansiedade em abrir os presentes. Logo chegaram David com a esposa e seu filho de 10 anos amigo e colega de Felipe na escola e Jorge com Carla.

A sirene toca e Felipe corre para abrir a porta e Guilherme logo atrás. Aparece Beckemam acompanhado de Isaura e seu filho Jonas.

— Olá, Sr. Beckemam, eu sou o Felipe, lembra de mim? Agora que meu pai está com Karen ela é minha segunda mãe e o Sr. é meu avô, não é? – Felipe continuava falando sem dá tempo para as respostas. Ela é sua mulher? – perguntou olhando para Isaura. Ela é muito bonita.

— Isaura é uma amiga do papai, Felipe. Deixe-os entrarem e leve Jonas para brincar – fala Guilherme interrompendo o garoto.

— Felipe, como seu pai disse Isaura é uma amiga, mas você tem razão ela é muito bonita e quanto a ser seu avô, ainda não tinha pensado nisso, mas você tem razão mais uma vez, o que mostra que é um menino muito inteligente e quando crescer será um grande homem como seu pai e deixará seu avô aqui muito orgulhoso.

Felipe sorriu e saiu correndo satisfeito puxando Jonas. Todos se surpreenderam com a forma paciente e carinhosa de Beckemam com o garoto. Guilherme fez as apresentações.

— Pai, eu estou muito feliz com sua presença — disse Karen o beijando. Dirigindo-se a Isaura continuou: - Prazer em conhece-la. Você foi de grande ajuda na recuperação de duas pessoas que amo muito: Guilherme e meu pai. Sou-lhe muito grata.

— O mérito é deles. Só procurei ajudar os encorajando através de algumas palavras.

— Ela era a única pessoa que enfrentava meu mau-humor — falou Beckemam. Lembro de um daqueles dias que estava aborrecido por não enxergar e na hora da fisioterapia e de tentar dar os primeiros passos depois da cirurgia, não conseguir, foi horrível fraquejar na frente dos auxiliares, então descontrolei tratando todos muito maus; uma auxiliar chorou me irritando mais ainda. A Srta. Isaura mandou-os sair e começou falando palavras duras e também de incentivo. Algumas palavras ditas me irritavam, mas eram verdades e mesmo sentindo vontade de a demitir, acabei desistindo, pois sabia que o objetivo dela não era me afrontar e sim ajudar. E ajudou. A srta. Isaura é uma mulher de fibra, corajosa e sabia, merece minha admiração.

— Concordo plenamente — diz Guilherme.

— Fico feliz por ter ajudado, mas iriam superar mesmo sem minha ajuda — diz Isaura meio sem graça.

Conversaram sobre vários assuntos e o que Guilherme tinha receio não aconteceu, pois, Beckemam ficou à vontade conversando com todos e mesmo quando o assunto não lhe agradava procurava ser gentil nas respostas deixando assim todos bem descontraídos. Os garotos fizeram bastante barulho na hora dos presentes. Beckemam havia levado presentes caros para os três garotos.

— Sra. Suzana Franco aproveitando a oportunidade gostaria que me desculpasse pelo ocorrido no Hospital Imperial na ocasião do seu acidente. A culpa foi minha e não de Guilherme. Atualmente eu não agiria da mesma forma. – Fala Beckemam reservadamente com Suzana.

— Confesso que ainda não conseguir o perdoar e sempre considerei os dois culpados, mas percebi sua mudança e se Felipe que foi a maior vítima já esqueceu e está feliz por ter um avô, não serei eu a alimentar ressentimento. E vejo que Guilherme também colocou uma pedra nesse assunto. Ele o considerava como um pai.

— Espero que um dia ele possa voltar a me considerar – fala Beckemam com sinceridade.

Aos poucos todos foram se despedindo. Beckemam antes de ir pediu a Karen para pensar na possibilidade de ir trabalhar na nova ala do Hospital Imperial que estava sendo construída.

— Certo, pai. Irei trabalhar lá nos meus horários vagos.

— Sério! Finalmente terei minha filha comigo no Hospital Imperial.

— E o genro também. Eu pensei bem e resolvi voltar a trabalhar com você lá no Imperial – completa Guilherme.

— Vamos brindar – fala Beckemam satisfeito.

Beckemam distribui as taças e ao entregar a Isaura diz em tom baixo:

— Só falta ter a sua resposta Srta. Isaura.

Ela não comenta nada. Guilherme estoura o champanhe e eles brindam.

— Mas um brinde. A oficialização do casamento de vocês no ano 2001 assim que o divórcio de Guilherme sair. E eu terei o prazer de leva-la ao altar para o genro que sempre desejei para você querida Karen.

— Um brinde — fala Guilherme com um sorriso.

— Agora é melhor irmos Srta. Isaura. Antes que Isaura acordasse Jonas, que dormia no sofá, Beckemam carregou o garoto sem o acordar.

Isaura se despediu de Karen e Guilherme agradecendo o convite e saíram.

— É Karen, Beckemam realmente mudou — comenta Guilherme.

— Amor, você acha que meu pai tem interesse na Isaura? — fala Karen pensativa.

— Isaura é uma mulher muito bonita, honesta, de caráter e personalidade forte características que seu pai admira; por outro lado, ela é pobre e não tem ambição, pontos que seu pai considera negativos. Ele nunca se envolveu com ninguém que não fosse da elite, mas assim como eu passei a ver que caráter e personalidade não são privilegio de nenhuma classe social, pois, há pessoas com ou sem caráter e personalidade fraca, ou forte em qualquer classe social, acredito que ao passar a conhecer melhor Isaura durante a recuperação da cirurgia ele tenha enxergado isso também. E como disse acho que Beckemam realmente mudou e pode ter se apaixonado por ela ou apenas cansado de ficar só e considerado que Isaura tem as características necessárias para ser sua futura companheira apesar de ser pobre.

— Acho que você tem razão. E ela parece ser uma boa pessoa, mas não creio que tenha algum sentimento por ele.

— Pelo que conheço de Isaura eu acredito que se não sentisse nada por Beckemam não aceitaria que ele a pegasse em sua casa para a trazer aqui. Provavelmente está com receio de se envolver com alguém tão diferente dela e dúvida que ele realmente goste dela – falou pensativo e depois de uma pausa continuou. Aposto que ela aceitou que ele fosse busca-la para o chocar com a diferença social entre a zona norte e sul da cidade.

— E com isso verificar se ele continuaria interessado nela – completou Karen.

— Isso mesmo – fala Guilherme.

— Acho que já especulamos muitos sobre os sentimentos dos dois. Só espero que se entendam – comenta Karen enquanto leva alguns pratos sujos a cozinha.

Continuaram conversando sobre a noite enquanto Karen levava e Guilherme enxugava os pratos.

— Já chega de arrumações, vamos aproveitar o resto da noite – disse com tom de malícia levando-a para o quarto.

25º Capítulo

Chegou à virada do ano, 2001, novo ano, todos presentes na reunião de natal foram convidados para a festa na mansão dos Beckemam. Os preparativos eram muitos pois era uma festa que reunia a maioria das famílias importantes da cidade. Todos sabiam que não tinha outra que superasse a da mansão dos Beckemam, mesmo depois da morte da esposa Beckemam manteve a tradição.

Todos conversavam, bebiam, comiam comemorando a aproximação da virada do ano. Felipe percorria a casa junto com Jonas e seu amigo Daniel. Guilherme e Karen conversavam com Suzana, Jose Antônio, Jorge e Carla.

Carla chama a atenção de Karen fazendo um jeito de atônita.

— Aquela é a Isaura naquele vestido estonteante junto com seu pai?

— Meu pai sempre teve bom gosto.

— O que é que está sabendo que não me contou?

Nesse momento Beckemam interrompe a orquestra e pede atenção de todos. Todos olham para ele e Isaura supressos e curiosos.

— Aproveito a ocasião para comunicar que pedi a Srta. Isaura em casamento e ela aceitou. Tira a aliança de brilhante do bolso, segura a mão dela e continua. Estamos oficialmente noivos — diz colocando a aliança.

Todos batem palmas. Muitos curiosos em saber de onde saiu aquela noiva. Os jornalistas presentes tiram muitas fotos. Guilherme, Karen, Suzana, Jose, Carla e Jorge se aproximam dos noivos para os cumprimentar.

— Pai, eu estou muito feliz por vocês. Já era tempo de ter uma companhia e você fez uma excelente escolha.

— Obrigada Karen — fala Isaura emocionada.

— Estou muito feliz por Isaura ter aceitado meu pedido e por você ter aprovado — fala Beckemam com um sorriso.

Começa a contagem para a entrada do ano novo, todos com as taças em mão, champanhes estouram, gritos de alegrias por todo o salão.

— Viva o Ano Novo!!!

— Viva!!

— Vamos brindar ao novo ano, novo século e as nossas novas vidas — diz Guilherme erguendo a taça.

Todos brindam confiantes em um novo século de muita paz, amor e realizações.

Guilherme beija Karen.

Fim